日本文学と和歌

渡部泰明

日本文学と和歌（'21）

装丁・ブックデザイン：畑中　猛

s-39

まえがき

日本文学は長い歴史をもっている。とりわけ和歌は、その日本文学史を貫くようにして、長く続いた。なぜこれほどまでに持続したのか。時代時代にどういう力学が働いて、和歌を続かせたのか。本書は、その謎に接近してみようという試みである。もちろんそのアプローチには、さまざまな方法があるだろうが、今回注目したのが、和歌の歴史において、時代を画するような活動をした歌人たちの集団である。その時その時に和歌の世界を動かした集団の詠んだ和歌とその表現意識をたどることによって、各々の時代の和歌の特色と、それを育てた基盤を考えてみたのである。具体的には、『万葉集』における持統天皇の時代から、江戸時代に始まり明治時代まで命脈を保った桂園派の活動の軌跡をたどってみた。これによって、千二百年近い日本の和歌の歴史の基本線が浮かび上がるだろうと見込んでのことである。

つまりは和歌史を生き生きと語りたかったわけだが、その際、とりわけ留意した視点がある。和歌を見る、四つの視点である。そのことについて説明しておこう。

一つは、「祈り」である。和歌は心に思ったことをそのまま表現する表現形式ではない。こうであったら素晴らしいという理想を前提とし、そういう理想状態であってほしいという願いを表現するものなのである。願いのもっとも純粋な形は「祈り」といえよう。「祈り」とは、理想や願いの表現にほかならない和歌の本質を捉える視点である。

二つ目は「境界」という視点である。和歌は、理想を願いながら、しかし現実的にはそれに挫折するという形で詠まれることがほとんどである。つまり作者は理想と現実のどちらにも安住できない、境界的な地点にいて歌っている、ということになる。あるいは理想と現実をまたにかけた地点に危うく立っている、といってもよい。もっと境界があらわな例でいえば、流動する自然や生活・人生の中の、変化の際に臨んで歌う歌が実に多いことが挙げられる。それゆえ和歌は、一見穏やかで柔和な相貌をもちながら、実は際どい緊張感をはらんでいる。そして優れた歌人たちは、その境界を果敢に越境して、自ら危機的な状況に跳び込んでいく。そのことに注目することで、かなり歌を味わう幅が広がるだろうと思う。

三つめは「演技」という視点である。一首の中に表された作者は、現実の作者そのものではない。作者は、理想へと向かう人物を体現しようとする。つまり和歌の中に表現された作者は、演技性を帯びるのである。このことは和歌が「境界」を詠むものであることと密接に関わっている。冠婚葬祭を始めとして、広い意味での儀式・儀礼は境界的な時空で行われるが、儀式・儀礼の場での行動が、すべて演技的な色彩をもっていることを想起したい。

四つ目は、「言葉の連動」である。和歌は極めて様式性の強い表現ジャンルであるが、その様式を、形態に限定せず、主体的に捉えるための視点である。様式には、一般に一個人の意思を越えて、表現を作り上げる力がある。和歌でいえば、歌の言葉どうしをつなげる力がある。その力を感じ取るとき、まるで言葉が言葉を生み出し、言葉が連動しているように感じられる。縁語などが端的な例だし、歌人たちが用いた「姿」や「しらべ」と言われる語も、言葉の連動性に関わっている。

このような視点をもちつつ、和歌を続かせた力学について考えてみたいと思う。

二〇二〇年夏　　渡部泰明

目次

1 持統天皇の時代

《目標・ポイント》『万葉集』の中に編集された歌が作られた時代のうち、相対的に古い時代である、持統天皇の時代の歌について考える。それは中央集権国家建設の途上に生み出されたものであり、同じく中央集権国家を建設しようとしていた、天智天皇や天武天皇の時代をどう受け止め、どう継承していくか、という課題が垣間見える。

《キーワード》万葉集、持統天皇、天智天皇、天武天皇、藤原宮、柿本人麻呂、草壁皇子、大津皇子

1 持統天皇の登場

＊持統天皇の即位

六七二年に起こった全国的規模の内乱壬申《じんしん》の乱に勝利した天武《てんむ》天皇は、中央集権国家建設の政策を強力に推し進めた。天武天皇十五年（六八六）、天武は急な病に倒れた。国政は皇太子である草壁皇子《くさかべのみこ》と、その母であり皇后である鸕野讃良皇女《うののさららのひめみこ》（天智《てんじ》天皇の皇女で、後の持統《じとう》天皇）とに委ねられた。天武の殯《もがり》（葬儀までの間遺体を仮に安置しておくこと）の期間中にも、大津《おおつの》皇子が謀反の罪で自決を迫られるという事件もあった。大津皇子は天武の第三皇子で、文武にも優れ、皇太子草

壁の最大のライバルであり、この事件を皇太子側の陰謀とする説もある。ところが、当然即位すると見られた草壁皇子は、病の後に六八九年、二十八歳で早世してしまう。それ以前より称制（即位しないまま執政すること）を行っていた皇后は、改めて六九〇年に即位する。持統天皇である。持統もまた、父天智、夫天武と続いた中央集権国家建設への道を邁進した。

＊「春過ぎて」の歌

持統天皇の時代は、次の文武《もんむ》天皇の時代と合わせて、数多くの優れた和歌が詠まれ、巻一・巻二を始めとして『万葉集』を彩っている。それらを見ていくことにしよう。

『万葉集』巻一と巻二は、天皇の御代ごとに歌をまとめる、という編集方針を採っている。巻一は「雑歌」であるが、その七番目に「藤原宮御宇天皇代」（藤原宮に天の下治めたまひし天皇の代）云々の標目が立てられている。藤原宮はいうまでもない、藤原京の中心に位置した宮である。藤原京は初の条坊制を敷いた我が国最初の本格的な都城である。この標目のもとに冒頭に掲げられているのは、持統天皇自身の歌であった。

　春過ぎて夏来たるらし白たへの衣干したり天の香具山（巻一・二八）

過ぎ行こうとしている春と、到来しようとしている夏との、二つの季節が交差する一点を描いている。鋭い季節感の表現である。「白たへの衣」には諸説がある。実景なのであろうが、ただの洗濯物とは思えず、どういう衣なのか、よくわからない。折口信夫《おりくちしのぶ》の「祭祀儀礼時の物忌みの斎服」とする説が比較的支持を得ている。天上世界に通じる神話的な山である「天の香具山」にたしかにふさわしいからである。鉄野昌弘氏は、近年興味深い解釈を提出している。下句は「天の香具山が衣を干している」という意味で、山が衣更えしていると、香具山を神話的にとらえているのだ、と解するのだ。そして季節の推移を見定める特別な呪力をもつ存在として自らを示そうとしたとしている。魅力的な解釈である。

2　柿本人麻呂の業績

＊近江荒都歌の長歌

持統天皇の時代の和歌を際立たせているのは、何といっても柿本人麻呂《かきのもとのひとまろ》の存在である。『万葉集』中最大の歌人の名をほしいままにしている人麻呂が活躍したことによって、持統の時代（文武朝も含む）は光り輝いている。持統天皇歌のすぐ次に、『万葉集』は次の歌を配置している。

近江の荒れたる都に過《よき》る時に、柿本朝臣《あそみ》人麻呂が作る歌

玉だすき　畝傍《うねび》の山の　橿原《かしはら》の　聖の御代ゆ〈或は云ふ、宮ゆ〉　生れましし　神のことごと　つがの木の　いや継ぎ継ぎに　天の下　知らしめししを〈或は云ふ、めしける〉　空にみつ　大和をおきて　あをによし　奈良山を越え　〈或は云ふ、そらみつ　大和をおき　あをによし　奈良山越えて〉　いかさまに　思ほしめせか〈或は云ふ、おもほしけめか〉　あまざかる　鄙《ひな》にはあれど　いはばしる　近江の国の　ささなみの　大津の宮に　天の下　知らしめしけむ　天皇《すめろき》の　神の尊《みこと》の　大宮は　ここと聞けども　大殿は　ここと言へども　春草の　繁く生ひたる　霞立ち　春日の霧れる〈或は云ふ、霞立ち　春日か霧れる　夏草か　繁くなりぬる〉　ももしき

の　大宮所　見れば悲しも〈或は云ふ、見ればさぶしも〉（巻一・二九）

反歌

ささなみの志賀の唐崎幸《さき》くあれど大宮人の船待ちかねつ（巻一・三〇）

ささなみの志賀の〈一に云ふ、比良の〉大わだ淀《よど》むとも昔の人にまたも逢はめやも〈一に云ふ、逢はむと思へや〉（巻一・三一）

かつて天智天皇が都を営んでいた、琵琶湖沿岸の大津の旧都を訪れたときに、柿本人麻呂が詠んだ歌である。「近江荒都歌」などと通称されている。長歌から見よう。〈　〉で掲出してあるのは、異なった本文として『万葉集』の編者が示した異伝であるが、今は除いて考える。

まず冒頭の「玉だすき　畝傍の山の　橿原の　聖の御代ゆ　生れましし　神のことごと　つがの木の　いや継ぎ継ぎに　天の下　知らしめししを」である。神武《じんむ》天皇このかた、代々の天皇は大和の地で天下を統治されていたのに、と切り出されている。天智天皇へと到る天皇家の系譜がたどり直されている。

「空にみつ　大和をおきて　あをによし　奈良山を超え　いかさまに　思ほしめせか　あまざかる　鄙にはあれど　いはばしる　近江の国の　ささなみの　大津の宮に　天の下　知らしめしけむ　天皇の」。しかしそんな大和をさしおいて、遠い地方の近江の大津の地で統治をされたという天皇として、天智天皇のことを語る。「いかさまに　思ほしめせか」と言う語句が差し挟まれていることに注意したい。遷都を敢行した天智天皇に、おそれ敬いながらも疑問を提示している。天智天皇への思いは両義的である。それとともに、畝傍山・橿原→大和→奈良山→近江国大津宮と、遷都の道筋が語られていることがわかる。それは、作者の旅の行程とも重なる。人麻呂は、あたかも遷都を自分の旅の道行きに重ね合わせるかのようにして、歌っている。けっして突き放して見ているのではなく、今の自分に引き寄せつつ歌うのである。

「天皇の　神の尊の　大宮は　ここと聞けども　大殿は　ここと言へども　春草の　繁く生ひたる　霞立ち　春日の霧れる　ももしきの　大宮所　見れば悲しも」は、かつて都があった場所に立ち、その都を思いやっている。ただ春の風景が広がるばかり。「いかさまに　思ほしめせか」と呼応させてみると、その思いは単なる憧れではなく、歴史の必然という思いも加わって、両義的である。

＊近江荒都歌の反歌

反歌の第一首目、「ささなみの志賀の唐崎」（三〇）は、昔と変わらず存在する唐崎で、船を待ちかねてしまうという所に独自性がある。船を待ち構えるという現在の自分の姿勢で唐崎を捉え、まちぼうけをくわされてしまうという見込みによって、悲しみが生まれている。歴史をわが身に引き受けているのである。

第二首目「ささなみの志賀の大わだ」（三一）も、その点で同様である。「淀むとも」と仮定条件を用いているけれども、実際に今淀んでいることを認めているといってよい。作者はそこに、かりそめに流れを止めた歴史の時間を見ているのだろう。しかしいつまでも止めてはいない。すぐにそれを未来に投げ返す。止まっているかに見えても、けっして昔の人にもう一度会えるわけではないのだ、と詠歎する。自分の生きる人生の時間との対比の中で歴史を把握している。そして作者の人生の時間とは、歴史を正しく受け継ぎ、これからもそれを推し進めていくはずの、持統天皇の王朝の時間に、おのずと繋がっていくのだろう。

＊草壁皇子の挽歌

巻二の「挽歌」の部立ての中にも、持統天皇代の標目は立てられていて、多くの挽歌が採録されている。その中でも、柿本人麻呂の挽歌は、質量ともに群を抜いている。草壁皇子の挽歌を見てみよう。

日並皇子尊《ひなみしみこのみこと》の殯宮《あらきのみや》の時、柿本朝臣人麻呂が作る歌一首并《あわ》せて短歌

天地《あめつち》の　初めの時　ひさかたの　天の河原に　八百万《やおよろず》　千万神の　神集ひ　集ひいまして　神はかり　はかりし時に　天照らす　日女《ひるめ》のみこと〈一に云ふ、さしあがる　日女のみこと〉　天をば　知らしめすと　葦原の　瑞穂《みずほ》の国を　天地の　寄り合ひの極み　知らしめす　神の尊と　天雲の　八重かき分けて〈一に云ふ、天雲の　八重雲分けて〉　神下し　いませまつりし　高照らす　日の皇子は　飛ぶ鳥の　清御原《きよみ》の宮に　神ながら　太敷きまして　天皇《すめろき》の　敷きます国と　天の原　石戸を開き　神上がり　上がりいましぬ〈一に云ふ、神登り　いましにしかば〉　我が大君　皇子の尊の　天の下　知らしめしせば　春花の　貴からむと　望月の　たたはしけむと　天の下〈一に云ふ、食す国〉　四方の人の　大船の　思ひ頼みて　天つ水　仰ぎて待つに　いかさまに　思ほしめせか　つれもなき　真弓の岡に　宮柱　太敷きいまし　みあらかを　高知りまして　朝言《あさこと》に　御言問はさず　日月の　まねくなりぬれ　そこ故に　皇子の宮人　行くへ知らずも〈一に云ふ、さす竹の　皇子の宮人　行くへ知らにす〉（巻二・一六七）

反歌二首

ひさかたの天見るごとく仰ぎ見し皇子の御門の荒れまく惜しも（巻二・一六八）

あかねさす日は照らせれどぬばたまの夜渡る月の隠らく惜しも（巻二・一六九）〈或本は、件の歌を以て、後の皇子尊の殯宮の時の歌の反とせり〉

挽歌は人の死を悼む歌である。この場合は、皇太子であり、天皇として統治する将来が期待されていた草壁皇子の、二十八歳での早すぎる死を嘆くことが主題となる。だが、驚いたことに、草壁皇子のことが語られるのは、全体の半分を超えた、三十七句目の「我が君」からである。ではその前半部では何が述べられているのか。実は天武天皇のことである。天地の始まりに神々が集まって相談した時、天照大神《あまてらすおおみかみ》はこの国を治める神の御子として天武天皇を下した。天武天皇は飛鳥浄見原《あすかきよみがはら》で国を統治し、天に登って亡くなった。天武天皇をニニギノミコトの天孫降臨に重ね合わせるようにして語っている。天武天皇を神話化している。死者を悼む儀礼を前提とした表現なのだろう。人々の集団的な心情を汲み上げているのである。そういう系譜を正当に継承して、草壁皇子は天皇として、尊く万全に世を治めることが期待されていた、と語られる。神々から始めたのは、最終的に草壁を神話化するためだったということがわかる。最後の「皇子の宮人　行くへ知らずも」に気をつけたい。「行くへ知らずも」は将来どうなるかわからず、途方に暮れること。仕えている人々の心を代表するかのように歌っているのである。

反歌の第一首目「ひさかたの」は、皇子の宮殿が荒れてゆくだろうことが残念だ、とする。「まく」は推量の助動詞「む」のク語法で、将来のことを思いやっている。近江荒都歌でも未来を思う表現が出てきたが、ここでも自分の人生に寄り添って抒情している。もとよりそれは宮殿に仕える人々の心を代表してもいる。

第二首目「あかねさす」は、草壁を月にたとえている。日が照らせば、月は消え失せざるをえない。それでも無念だ。自然の摂理と見てもおさまらない嘆きの深さを表現している。「日」に持統天皇を暗示させている、という意見もある。

3　藤原宮の歌

＊藤原宮遷都の歌

持統天皇は藤原京を造営した。初めて碁盤の目のような街路区画をもつ条坊制によった都城であり、南北十条、東西十坊に及んだかと推定される、空前の規模であった。中心には壮麗な建築物の建ち並ぶ藤原宮が置かれていた。その藤原宮にまつわる歌を見ておこう。

明日香宮より藤原宮に遷居《うつ》りし後に、志貴皇子《しきのみこ》の作らす歌
采女《うねめ》の袖吹き返す明日香風京《みやこ》を遠みいたづらに吹く（巻一・五一）

作者の志貴皇子は、天智天皇の第七皇子。采女は地方豪族から朝廷に献上された女性で、後宮で雑役に奉仕した。容姿端麗であることが求められ、宮廷を彩る存在だった。かつて明日香の浄御原の宮を吹く風は、女官たちの衣を鮮やかに翻していた。しかし今は、都が遠くなってしまったので、ただむなしく吹き抜けていくばかりだ。旧都への感傷である。では新都への反感があるのかといえば、それは感じにくい。「袖吹き返す」と現在形であることが、翻る美しい衣をありありと現前化するからである。かえって作者の心には充実したものが流れていると思われる。

＊藤原宮の御井の歌

藤原宮御井《みいの》歌

やすみしし　わご大君　高照らす　日の皇子　荒たへの　藤井が原に　大御門　始めたまひて
埴安《はにやす》の　堤の上に　あり立たし　見《め》したまへば　大和の　青香具山《かぐやま》は　日の経《たて》の　大き御門に
春山と　しみさび立てり　畝傍《うねび》の　この瑞山は　日の緯《よこ》の　大き御門に　瑞山と　山さびいま
す　耳梨《みみなし》の　青菅山は　背面《そとも》の　大き御門に　宜しなへ　神さび立てり　名ぐはしき　吉野の
山は　影面《かげとも》の　大き御門ゆ　雲居にぞ　遠くありける　高知るや　天の御陰　天知るや　日の
御陰の　水こそば　常にあらめ　御井の清水（巻一・五二）

短歌

藤原の大宮仕へ生《あ》れつくや娘子がともはともしきろかも（巻一・五三）

右の歌、作者未詳なり。

末尾にあるように作者はわからない。しかし相当な力量の持ち主であったことは疑いない。「御井」は井戸ではなく、湧いて流れる清水をせき止めたものかと言われている。「御井」だけではなく、藤原宮そのものを称える歌である。「やすみしし」から「見したまへば」までの十二句は、埴安の池の堤から天皇が周囲を眺めている構図を描く。埴安の池とは、香具山の西から北側にあったと推定される池。この箇所には、王が高いところから国を望見する国見歌の表現がふまえられていると考えられる。天皇の権威を示しているのである。

次の「大和の」から「遠くありける」までの二十四句は、宮殿の四方の山々を活写している。東の香具山、西の畝傍山、北の耳梨山、南の吉野山である。これら四面の山が、言葉としても美しい構成をとりながら、描きだされている。いかに理想的な都であるか、を歌い上げようとしているのだろう。題詞にある「御井」は最後に出てくるにとどまる。しかし「井」の水は、そこで暮らす人々の命を支えるものであり、それを永遠であれと祈ることは、藤原宮そのものの永遠性を祈願することにほかならない。

短歌の「藤原の」の一首は、「娘子がとも」に焦点を当てている。「大宮仕え」のために生まれてきたかのような、この職務がぴったりと似合っている娘たちは、前の志貴皇子の歌に出てきた、「采女」を想定してよいのだろう。采女は水仕事にも従事したのである。「ともしきろ」は「ともし」の連体形に、親愛感を表すかともされる接尾語「ろ」がついたもの。「ともし」は現代語の「乏しい」のもとになった言葉だが、珍しくて心惹かれる、素晴らしいの意である。采女を褒めることは、宮廷のあるじ天皇を褒めることになる。

4　大津皇子の悲劇

＊物語化される大津皇子

大津皇子は天武天皇の第三皇子で、母は天智天皇の娘の大田皇女《おおたのひめみこ》であった。持統朝にとって、大津皇子は忘れることのできない存在だった。彼にまつわる歌は、『万葉集』巻二の持統天皇の御代の歌として、印象的に据えられている。大津は、漢詩にも歌にも優れた人物だった。

大津皇子、竊《ひそ》かに伊勢神宮に下りて上り来るときに、大伯皇女《おおくのひめみこ》の作らす歌二首
我が背子《せこ》を大和へやるとさ夜ふけて暁《あかとき》露に我が立ち濡れし（巻二・一〇五）
二人行けど行き過ぎ難き秋山をいかにか君がひとり越ゆらむ（巻二・一〇六）

これらは、巻二の挽歌における持統天皇代の標目のもとに集められた、冒頭の二首である。大津皇子は、天智天皇からも愛され、人々の信望も厚かったが、六八六年謀反の罪で刑死した。大伯皇女は、天武天皇の皇女で、母は大田皇女。つまり大津皇子と父母を同じくする姉弟である。大津の事件を知っている後人のものが読めば、謀反の決意をかためた大津が、斎宮を務めている姉に別れを告げに密かに伊勢まで下向したと解することができる。許可なく伊勢神宮に赴くことは禁止されていたという。最初の二首は、帰ろうとする弟を見送る際の大伯皇女の歌。「暁露に我が立ち濡れし」（一〇五）には、別れがたさに立ちすくんでいた時の思いと、それでも弟を行かせてしまった後悔とのない交じった、痛切な思いがあふれている。二首目の「二人行けど」は、寂しく危うい秋の山を一人で越えているだろう大津を思って詠んでいる。「秋山」には、迷いやすい場所であり、そして死のイメージもある。

大津皇子、石川郎女《いしかわのいらつめ》に贈る御歌一首
あしひきの山のしづくに妹《いも》待つと我立ち濡れぬ山のしづくに（巻二・一〇七）
石川郎女が和へ奉る歌一首
我を待つと君が濡れけむあしひきの山のしづくにならましものを（巻二・一〇八）

すぐ次に続く二首は、今度は石川皇女との恋のやりとりである。あなたを待っているうちに、山の木々からおちる雫に濡れてしまった、と男は女を責める。待ちぼうけを食わされたのであろう。しかし責めるといっても厳しいものではない。第二句と第四句で「山のしづくに」が繰り返されている。これは古代歌謡に特徴的な表現である。当時の人々が共感しやすい、ゆったりとしたリズムで、自分の誠意を訴えているのだろう。

二首目は女からの返歌。行けなかった言い訳の歌なのだろう。うまく相手の言葉を逸《そ》らしながら、自分の愛情を訴えてもいる。あるいはもともとはごく普通の男女のやりとりだったのかも知れない。しかし「露」「しづく」に立ち濡れるという、一〇五番歌との言葉の共通性が、これらを一本の線で結ばせることになる。それだけではない。此の次の一〇九番の歌を見る時、新たな物語が立ち上がってくる。

大津皇子、竊《ひそ》かに石川女郎に婚《あ》ふ時に、津守連通《つもりのむらじとおる》がその事を占へ露はすに、皇子の作らす歌一首　未詳

大船の津守が占に告《の》らむとはまさしに知りて我が二人寝し（巻二・一〇九）

日並皇子尊《ひなみしの》、石川女郎に贈り賜ふ御歌一首　女郎、字を大名児《おおなこ》といふ

大名児を彼方《おちかた》野辺に刈る草《かや》の束の間も我忘れめや（巻二・一一〇）

一〇九番歌の題詞の「竊かに」とは、禁忌を犯して、という含みがある。しかし二人が男女の仲

になったことは、占いによって露わになった。大津は、そうなるだろうことはとうにお見通しだった、とうそぶいたのだった。そして、二首目は、「日並皇子尊」が石川女郎に贈った恋の歌である。これを見ると、草壁皇子（日並皇子）の思い人であった石川女郎を、大津皇子が大胆にも横取りして発覚し、それが問題となって大津の謀反の原因となった、という因果関係が浮かび上がるのである。『万葉集』のこの部分を編集した者は、そのような物語が読み取れるように意識したことになる。

なぜそのように編集したのか。難しい問題だが、巻二後半の挽歌にある次の四首は見過ごしがたい。

大津皇子の薨《こう》ぜし後に、大伯皇女、伊勢の斎宮《いつきのみや》より京に上る時に作らす歌二首
神風の伊勢の国にもあらましをなにしか来けむ君もあらなくに（巻二・一六三）
見まく欲り我がする君もあらなくになにしか来けむ馬疲るるに（巻二・一六四）

大津皇子の屍《かばね》を葛城の二上山に移し葬《はぶ》る時に、大伯皇女の哀傷して作らす歌二首
うつそみの人なる我や明日よりは二上山を弟《いろせ》と我《あ》が見む（巻二・一六五）
磯の上に生ふるあしびを手折らめど見すべき君がありといはなくに（巻二・一六六）
右一首は、今案《かむが》ふるに、移し葬る歌に似ず。けだし疑はくは、伊勢神宮《かむみや》より京《みやこ》に還る時に、路の上に花を見て、感傷哀咽《あいえつ》して此の歌を作れるか。

大伯皇女の大津皇子の死を悼む歌々である。敗北して非業の死を遂げた実力者を悼むことは、後の政権にとって、人心の掌握という点で重要な課題だったに違いない。大津皇子の物語を浮かび上がらせる編集ぶりに、その痕跡をうかがってもよいだろう。

持統天皇代の歌々からは、現在を歌うにしても、過去の事柄をどう継承するかということが、かなり大きな課題としてあったことがわかる。『万葉集』の中の古い時代の歌でもそういう性格を持っていたのだった。

《引用本文と、主な参考文献》

・小島憲之・木下正俊・東野治之校注・訳『新編日本古典文学全集　萬葉集』①〜④（小学館、一九九四〜六年）を使用した。

・『万葉集』の研究史は分厚いので、神野志隆光・坂本信幸企画編集『セミナー 万葉の歌人と作品』第一巻『初期万葉の歌人たち』（和泉書院、一九九九年）、同第二巻『柿本人麻呂（一）』（同）、同第三巻『柿本人麻呂（二）・高市黒人・長奥麻呂・諸皇子たち他』（同）でおおまかな研究の流れをつかむとよい。

《発展学習の手引き》

・なんといっても柿本人麻呂がこの時代の中心になるので、人麻呂関係に限って取り上げておく。入門的なものとしては、橋本達雄『日本の作家3　謎の歌聖　柿本人麻呂』（新典社、一九八四年）、稲岡耕二『王朝の歌人1　柿本人麻呂　歌の聖なりける』（集英社、一九八五年）。もう少し専門的なものとしては、稲岡耕二『人麻呂の表現世界——古体歌から新体歌へ——』（岩波書店、一九九一年）、神野志隆光『柿本人麻呂研究——古代和歌文学の成立

――』（塙書房、一九九二年）、身﨑寿編日本文学研究資料新集『万葉集――人麻呂と人麻呂歌集』（有精堂出版、一九八九年）が挙げられる。

・なお、本章はもとより、本書全体にわたって、渡部泰明『和歌史――なぜ千年を越えて続いたか』（ＫＡＤＯＫＡＷＡ、二〇二〇年）との関係が深い。

2　聖武天皇の時代

《目標・ポイント》『万葉集』の和歌のうち、聖武天皇の時代の歌を取り上げる。山部赤人・笠金村・大伴旅人・山上憶良・高橋虫麻呂などが活躍した。そこでは、都から離れた地方が臨場感をもって描かれていることに一つの特徴がある。

《キーワード》聖武天皇、山部赤人、笠金村、大伴旅人、山上憶良、高橋虫麻呂

1　行幸従駕の歌

＊『万葉集』の中の天平時代

『万葉集』巻六は雑歌《ぞうか》という部立が掲げられている。養老《ようろう》七年（七二三）から天平《てんぴょう》十六年（七四四）まで、年代順に、かつおおよそ毎年歌を編集している（末尾には「田辺福麻呂之歌集《たなべのさきまろのかしゅう》」が付載されてはいるが）。聖武《しょうむ》天皇の在位は、神亀《じんき》元年（七二四）から天平感宝《かんぽう》元年（七四九）までだから、その御代をあらかた覆う歌々とみることができる。また天平の年号も、七二九年～七四九年までだから、巻六は天平時代の意味が大きいといっても外れないだろう。『万葉集』にとって、聖武・天平の時代は格別に重いものだった。

その巻六の歌を見てみることにしよう。

＊紀伊国行幸の山部赤人の歌

神亀元年甲子の冬十月五日、紀伊国に幸《みゆき》せる時に、山部宿祢赤人《やまべのすくねあかひと》が作る歌一首并《あわ》せて短歌

やすみしし　わご大君《おおきみ》の　常宮《とこみや》と　仕へ奉《まつ》れる　雑賀野《さいかの》ゆ　そがひに見ゆる　沖つ島　清き渚に　風吹けば　白波騒き　潮干《ふ》れば　玉藻《たまも》刈りつつ　神代より　しかぞ貴《とうと》き　玉津島山（巻六・九一七）

反歌二首

沖つ島荒磯《ありそ》の玉藻潮干《しおひ》満ちい隠《かく》り行かば思ほえむかも（巻六・九一八）

若の浦に潮満ちくれば潟《かた》をなみ葦辺《あしへ》をさして鶴《たづ》鳴き渡る（巻六・九一九）

右、年月を記さず。ただし、玉津島に従駕《じゅうが》すと偁《い》ふ。因りて今行幸の年月を検《ただ》し注して載せたり。

聖武天皇は、神亀元年（七二四）の即位の年の十月、紀伊国に行幸した。紀伊国は、神武《じんむ》天皇以来の歴史ある地であり、また白砂青松の美しい海岸、新鮮な魚介類や温泉など、魅力ある土地であった。長歌は、現在の和歌山市の南部のあたりの雑賀野に営まれた離宮からの風光のすばらしさを賛嘆している。その視界の焦点には、玉津島が据えられていた。「わご大君の　常宮と　仕へ奉れる」とか（「常宮」は永久不変の立派な宮殿）、「神代より　しかぞ貴き」などの表現によって、風景を通して、聖武への賛美をも歌っている。

反歌の第一首目は、引き潮で岩場の海中に揺らめているのが見える玉藻を愛して、それが満潮となって見えなくなるのを惜しんでいる。一方よく知られた第二首目は、今度は潮が満ちてこようとしている風景を歌っている。潮に呼応して飛び行く鶴の躍動感あふれる描写は、満ち行く海の潮力にも響いている。それらはみな、聖武の王権への賛美につながるだろう。しかし風景を心情を伴わず自律的に描きあげているところに、新しい時代の歌としての特徴がある。

*吉野行幸の歌

神亀二年乙丑《いっちゅう》の夏五月、吉野の離宮《とつみや》に幸せる時に、笠朝臣《かさの》金村《かなむら》が作る歌一首并せて短歌

あしひきの　み山もさやに　落ち激《たぎ》つ　吉野の川の　川の瀬の　清きを見れば　上辺《かみへ》には　千鳥しば鳴く　下辺《しもへ》には　かはづつま呼ぶ　ももしきの　大宮人も　をちこちに　しじにしあれば　見るごとに　あやにともしみ　玉葛《たまかずら》　絶ゆることなく　万代《よろずよ》に　かくしもがもと　天地の神をそ祈る　恐《かしこ》くあれども（巻六・九二〇）

反歌二首

万代に　見とも飽かめや　み吉野の　激つ河内の　大宮所（巻六・九二一）

皆人の　命も我がも　み吉野の　滝の常磐の　常ならぬかも（巻六・九二二）

金村の長歌は、吉野川の清らかさや千鳥・蛙の鳴き声に惹《ひ》かれる心を言い、宮廷人たちが数多く供奉する様子に感じている。そして永遠にこうであってほしいと神に祈る。最後の「恐くあれども」に注目しておきたい。公的な天皇の行幸のさまを賛嘆し、その永続を神に祈ることがどうして恐れ

多いのだろうか。集団の思いを代表するように詠んだ柿本人麻呂《かきのもとのひとまろ》などと違い、金村らは集団の外にいる自分がそれを眺めている、という意識なのではないか。私的な立場で神に祈ることが恐れ多いのであろう。個人のまなざしや心が浮かび上がってくるのである。

年次不明ながら、赤人も吉野行幸に従駕した。『万葉集』の編者は、それを便宜的にここに配置している。

山部宿祢赤人が作る歌二首并せて短歌

やすみしし　わご大君　高知らす　吉野の宮は　たたなづく　青垣隠《ごも》り　川並の　清き河内《こうち》そ　春へには　花咲きををり　秋へには　霧立ち渡る　その山の　いやますますに　この川の　絶ゆることなく　ももしきの　大宮人は　常に通はむ（巻六・九二三）

反歌二首

み吉野の象山《さきやま》の際《ま》の木末《こぬれ》にはここだも騒く鳥の声かも（巻六・九二四）

ぬばたまの夜のふけゆけば久木生《お》ふる清き川原に千鳥しば鳴く（巻六・九二五）

反歌は、とても著名な短歌である。島木赤彦も『万葉集の鑑賞および其批評』の中で「天地の寂寥相に合している」などと絶賛している。ただし、長歌と合わせて考えなければならない。長歌は、持統天皇の吉野行幸に従駕して詠んだ柿本人麻呂の長歌と反歌（三六〜三九）の表現から、多くの言葉を取り入れている。ほとんど模倣とさえ言いたくなるくらいである。それだけ儀礼性を表面に押しだそうとしたのだろう。一方反歌の方は、長歌には描かれなかった騒ぎ鳴く鳥の声を詠んでいる。一首目「み吉野の」では、それが象山の谷間の梢の所だと、捉えている。二首目「ぬばたまの」は、夜の川原の久木のあたりで鳴いていると聞き定めている。しきりと騒ぎ鳴く鳥の声は、湧き上がってくる自然の力の高ぶりを思わせる。そのようにして、自分の感覚を動員して、長歌の世界を受け止めようとしているのである。

2　大伴旅人と山上憶良

*日本挽歌の世界

同じ聖武天皇の時代に属する、『万葉集』巻五を見てみる。この巻での中心は、大伴旅人《おおとものたびと》（六六五〜七三一）と山上憶良《やまのうえのおくら》（六六〇〜七三三）である。神亀三年（七二六）に筑前守《ちくぜんのかみ》となった憶良は、神亀五年ごろ大宰権帥《だざいのごんのそち》として太宰府《だざいふ》に赴任した旅人と、九州の地で出会った。二人の交流は、他の官吏たちも巻き込みながら、数多くの作品を生み出した。取り上げるのは、憶良の「日本挽歌」である。この作品は、漢文・漢詩・長歌・短歌五首という諸形式が一揃いとなった、きわめて特異な構成を取っている。旅人の妻、大伴郎女《おおとものいらつめ》の死を悼む作品と言われている。まずは漢文から見よう。読み下しを示す。

蓋《けだ》し聞く、四生の起滅するは、夢の皆空しきが方《ごと》く、三界の漂流するは、環《たまき》の息《や》まぬが喩《ごと》し。所以《このゆえ》に維摩《ゆいま》大士も方丈に在りて、染疾の患《うれ》へを懐くことあり。釈迦能仁も双林にいまして、泥《ない》洹《おん》の苦しびを免れたまふことなし、と。故に知りぬ、二聖の至極すらに、力負の尋ね至ることを払ふこと能はず、三千世界に、誰か能く黒闇の捜《あなぐ》り来ることを逃れむ、といふことを。二つの鼠競《きお》ひ走りて、目を渡る鳥は旦《あした》に飛び、四つの蛇《へみ》争ひ侵して、隙を過ぐる駒も夕に走《に》ぐ。嗟《あ》乎痛きかも。紅顔は三従と長く逝き、素質は四徳と永く滅びぬ。なにか図りけむ、偕老要期《かいろうようご》に違ひ、独飛半路に生かむとは。蘭室に屏風徒らに張りて、断腸の悲しびいよいよ痛く、枕頭に明鏡空しく懸かりて、染筠《ぜんいん》の涙いよいよ落つ。泉門一たび掩《と》ぢて、再び見む由もなし。嗚呼《あ》哀しきかも。

この漢文は、内容から「嗟乎痛きかも」までの前半部と、それ以降の後半部に分けられる。前半は、死の逃れがたいこと、時の過ぎ行く速さという、この世の無常の理を述べる。一般論的である。後半は、美しい妻を喪《うしな》い、再び会うことのない悲しみを歌う。先立たれた夫、すなわち旅人の立場に即しての作である。供養の場で披露される願文の表現の影響があるともいう。世間の無常の理は個人的な悲しみを慰めるためにあろう。しかしここに示された悲痛は、むしろ一般論では抑えきれない悲しみが噴出する体であり、また他者に成り代わったからこそ存分に妻への悲嘆に染まっている趣である。

ついで、七言四句の漢詩が置かれる。

愛河の波浪已に先づ滅《き》え、
苦海の煩悩も亦結ぼほるといふことなし。
従来この穢土《えど》を厭離《えんり》せり、
本願生をその浄刹に託《よ》せむ。

（妻は逝き、愛欲の川並は消えて、煩悩の海もなくなった。かねてこの穢土を厭離したいと願っていた妻は、仏の本願にすがって浄土に生まれ変わってほしい）

後半二句にはさまざまな解釈があるが、死者である妻を主体とすると見る、富原カンナ・高松寿夫氏の説に従う。愛欲も煩悩も消えて、本人の願い通りに浄土に赴くことを歌うことは、旅人の心を慰めたことだろう。

次には、「日本挽歌」と名づけられた長歌が配される。前の漢詩文に対して、日本語の挽歌の意である。

大君の　遠《とお》の朝廷と　しらぬひ　筑紫の国に　泣く子なす　慕ひ来まして　息だにも　いまだ休めず　年月も　いまだあらねば　心ゆも　思はぬ間に　うちなびき　臥《こ》やしぬれ　言はむすべ　せむすべ知らに　石木《いわき》をも　問ひ放《さ》け知らず　家ならば　かたちはあらむを　恨めしき　妹の命《みこと》の　我をばも　いかにせよとか　にほ鳥の　二人並び居　語らひし　心そむきて　家離《いえざか》りいます（巻五・七九四）

都から遥か遠くの大宰府まで、泣く子が慕うように付いてきて、休む間もなく病に伏してしまったので、どうしたらよいか、何と言ったらよいかもわからない。あのまま奈良の家にいたら無事だったろうに。二人で仲むつまじく語り合った心に背いて、死んでしまった。「泣く子のように慕って付いてきて」とか、「ぐったりと臥せってしまったので」「家にいたら、姿形はあのままだったろうに」「かいつぶりのように二人で並んで語り合った」などと、いかにも生きているときの妻の姿を彷彿《ほうふつ》とさせるような描写である。人の身になろうとする想像力が、かえって内側からと外側からの両方の視点を可能にして、こうした臨場感溢れる表現を呼び込んだのであろう。

反歌

家に行きていかにか我がせむ枕づくつま屋さぶしく思ほゆべしも（巻五・七九五）
はしきよしかくのみからに慕ひ来し妹《いも》が心のすべもすべなさ（巻五・七九六）
悔しかもかく知らませばあをによし国内《くぬち》ことごと見せましものを（巻五・七九七）
妹が見し楝《おうち》の花は散りぬべし我が泣く涙いまだ干《ひ》なくに（巻五・七九八）
大野山霧立ち渡る我が嘆くおきその風に霧立ち渡る（巻五・七九九）
神亀五年七月二十一日に、筑前守山上憶良上る。

長歌に添えられた短歌もなかなかに個性的だ。一首目「家に行きて」は、奈良の家に帰っても、二人で寝た寝室が寂しく感じられるに違いない、と嘆き、二首目「はしきよし」は、こんな結果になることもしらず自分に付いてきた妻の気持ちを思うと、何も言えなくなる、と慨嘆し、三首目「悔しかも」は、こんなことなら、筑紫へなど来ずに奈良中を見せてやるのだった、と後悔する。ここまでは旅人の心そのものに焦点を当てている。四首目「妹が見し」には、長歌には出て来なかった景物である楝が歌われている。妻の思い出のよすがである花は散りゆき、悲しみだけは変わらぬ、と対比されている。五首目「大野山」の「おきそ」はため息のこと。強い嘆きの息が、霧となって立ち渡っている、と詠む。四・五首目は視点が空間的に広がっていき、また時間的にも死から時を経た状況が詠まれていく。多様な視点がはらまれている。

反歌だけではない。漢文から始まり、ひたすらに悲哀が表現されてはいるが、けっして単色に染められてはいない。多角的、多層的な構造をもつ作品世界が形成されているのである。

＊松浦川遊覧の序文

天平二年（七三〇）には、遠く筑紫の地で、次のような作品が生まれていた。まず漢文の序文を読み下して掲げる。

松浦《まつら》川に遊ぶ序

余《やつかれ》、暫に松浦の県《あがた》に往きて逍遙《しょうよう》し、聊かに玉島の潭《ふち》に臨みて遊覧するに、忽ちに魚を釣る女子《おとめ》等《ら》に値《あ》ひぬ。花の容双《かおなら》びなく、光りたる儀《すがた》は匹《たぐい》なし。柳の葉を眉の中に開き、桃の花を頰《つら》の上に発《ひら》く。意気雲を凌ぎ、風流は世に絶えたり。僕《やつかれ》問ひて曰く、「誰が郷誰が家の児らそ、けだし神仙ならむか」といふ。娘等皆咲《え》み答へて曰く、「児等は漁夫《あま》の舎《いえ》の児、草の庵の微《いや》しき者なり。郷もなく家もなし、何そ称《あ》げ云ふに足らむ。ただ性《ひととなり》水に便《なら》ひ、また心に山を楽しぶ。あるときには洛浦《らくほ》に臨みて徒らに玉魚を羨《とも》しみし、あるときには巫峡《ぶこう》に臥して空しく煙霞を望む。今邂逅《たまさか》に貴客《まらひと》に相遇《あ》ひぬ。感応に勝《あ》へず、輒《すなわ》ち欵曲《かんきょく》を陳《の》ぶ。今より後に、豈《あに》偕老にあらざるべけむ」といふ。下官《やつかれ》対《こた》へて曰く、「唯々《おお》、敬《つつし》みて芳命を奉《うけたま》はらむ」といふ。時に、日は山の西に落ち、驪馬《りば》去なむとす。遂に懐抱を申べ、因りて詠歌を贈りて曰く、実はこの漢文で記された序文にも、その後の歌にも、まったく作者の記載がない。そこで誰が作ったものか諸説がある。大伴旅人説、山上憶良説、さらに歌々は別の人々が作ったとする、複数作者説がある。大伴旅人が単独で成したとするのが若干有力かと思われるので、ここではその説を採用しておく。

まずこの不思議な物語と歌の流れを押さえておこう。漢文の序では、次のような話が語られる。自分が松浦（現在の佐賀県東松浦郡と唐津市を中心とするあたり）の地の松浦川―現在の玉島川。歌の中でも玉島川と言っている―を遊覧していると、魚釣りをしている娘たちに出会った。美しく優雅な女性たちであった。仙女ではないかと問うと、いやしい漁師の子であばら屋に住んでいるという。高貴なあなたと出会うことができた、これからは末永く夫婦となりましょう、という。

ここで魚釣りを持ち出しているのは、神功皇后《じんぐう》がこの地で鮎を釣ったという、『古事記』・『日本書紀』等に見える伝承を取り入れたのである。また『遊仙窟《ゆうせんくつ》』や、『文選《もんぜん》』の「洛神賦《らくしんのふ》」や「高唐賦《こうとうのふ》」などといった浪漫的な神仙譚を下敷きにしている。『遊仙窟』は中国唐の時代の伝奇小説で、主人公張文成《ちょうぶんせい》が、神仙の家に泊まって、女性たちと情を交わす話で、日本文学に大きな影響を与えた。このようにさまざまな話を取り入れて、物語作品が作られているのである。

＊虚構的な歌のやりとり

さて、美女に求愛されて、作者は歌で答える。

あさりする漁夫《あま》の子どもと人は言へど見るに知らえぬうまひとの子と（巻五・八五三）

漁師の子だなどと言われるが、高貴なお嬢様でしょう、と。すると女性も、

答ふる詩《うた》に曰く

玉島のこの川上に家はあれど君をやさしみ顕はさずありき（巻五・八五四）

と歌で答える。再び作者が、今度は三首の歌を贈る。

蓬客等《ほうかくら》の更に贈る歌三首

松浦川川の瀬光り鮎釣ると立たせる妹《いも》が裳の裾濡れぬ（巻五・八五五）

裳が濡れた女性には、男性は官能的なものを感じたようだ。

松浦なる玉島川に鮎釣ると立たせる児らが家道《いえじ》知らずも（巻五・八五六）

家を教えてくれ、と頼んでいるのである。

遠つ人松浦の川に若鮎釣る妹が手本《たもと》を我こそまかめ（巻五・八五七）

共寝をしようと誘いかける。と、娘たちが答える。

娘等の更に報《こた》ふる歌三首

若鮎釣る松浦の川の川並のなみにし思はば我恋ひめやも（巻五・八五八）
春されば我家の里の川門《かわと》には鮎子さ走る君待ちがてに（巻五・八五九）
松浦川七瀬の淀は淀むとも我は淀まず君をし待たむ（巻五・八六〇）

並一通りでなく恋しく思っています、我が家の里の川では鮎も躍り上がって、一途にあなたを待っています、と誘いかけるのであった。

後の人の追和する詩三首　帥老《そちろう》

松浦川川の瀬速み紅の裳の裾濡れて鮎か釣るらむ（巻五・八六一）
人皆の見らむ松浦の玉島を見ずてや我は恋ひつつ居らむ（巻五・八六二）
松浦川玉島の浦に若鮎釣る妹らを見らむ人のともしさ（巻五・八六三）

松浦川遊覧に参加出来なかった人が、後から和した歌、とある。「帥老」は大伴旅人のことである。これを信じれば、旅人以外の人が序文やこれまでの歌を作ったということになり、そういう見解もあるのだが、やはりすべて旅人の企んだ虚構と見る見解に従いたい。話を受け取る享受者の心情まで描くことで、物語は読者を誘い込む立体的な厚みをもつことになるのである。読者として想定されているのは、京にいる吉田宜《きつたのよろし》や筑前の山上憶良である。二人からは、これら一連の作品を目にしての文と歌が寄せられている。彼らとの交流を媒介に、都から遠く離れた筑紫の地を文学によって彩られた場所に変えているのである『竹取物語』や『伊勢物語』など、和歌を多く含んだ物語が生まれるまでもう少しだといえよう。宮廷から離れた場で、というよりむしろ宮廷や都から距離がおかれることによって、歌人たちの心に深く通い合うような、言葉の想像力が開花したのである。

3　高橋虫麻呂の伝説歌

高橋虫麻呂《たかはしのむしまろ》という歌人がいる。伝説をもとにした個性溢れる歌を作っているので、伝説歌人などとも呼ばれることがある。一方虫麻呂の出自・閲歴など不明なことが多く、彼自身が伝説の向こうに霞んでもいる。巻六の九七一番の虫麻呂歌の題詞に、天平四年（七三二）に西海道節度使《せつどし》として派遣される藤原宇合《ふじわらのうまかい》のために作ったとあるので、聖武天皇の頃の歌人であることは確かである。ここでは、虫麻呂の本領のもっとも顕著な、菟原処女《うないおとめ》を詠んだ歌を取り上げよう。

菟原処女が墓を見る歌一首 并せて短歌

葦屋《あしのや》の　菟原処女の　八歳子《やとせこ》の　片生《かたお》ひの時ゆ　小放《おはな》りに　髪たくまでに　並び居る　家にも
見えず　虚木綿《うつゆふ》の　隠《こも》りて居《お》れば　見てしかと　いぶせむ時の　垣ほなす　人の問ふ時　千沼《ちぬ》
壮士《おとこ》　菟原壮士の　廬屋《ふせや》焼き　すすし競《きお》ひ　相よばひ　しける時には　焼き大刀《たち》の　手《た》かみ押
しねり　白真弓　靫《ゆき》取り負ひて　水に入り　火にも入らむと　立ち向かひ　競ひし時に　我妹《わぎも》
子《こ》が　母に語らく　倭文《しづ》たまき　賤しき我が故　ますらをの　争ふ見れば　生けりとも　逢ふ
べくあれや　ししくしろ　黄泉《よみ》に待たむと　隠り沼《ぬ》の　下延《は》へ置きて　うち嘆き　妹が去《い》ぬれ
ば　千沼壮士　その夜夢に見　取り続き　追ひ行きければ　後れたる　菟原壮士い　天《あめ》仰ぎ

叫びおらび　地を踏み　きかみたけびて　もころ男に　負けてはあらじと　掛け佩《は》きの　小大《おだ》
刀《ち》取り佩き　ところづら　尋《と》め行きければ　親族《うがら》どち　い行き集り　永き代に　標《しるし》にせむと
遠き代に　語り継がむと　処女墓《おとめはか》　中に造り置き　壮士墓　このもかのもに　造り置ける
故縁《ゆえよし》聞きて　知らねども　新喪《にいも》のごとも　音《ね》泣きつるかも（巻九・一八〇九）

葦屋の菟原処女は、八歳ほどの頃から家に籠もりっきりで人に姿を見せず、多くの男たちが一目見たいとやきもきして求婚してきたが、中でも千沼壮士と菟原壮士が最後まであきらめず求婚した。二人は武器を携えて争った。「立派な男子がわたしのために争うのに堪えられません、黄泉の国でお待ちしています」と母親に言って、処女は死んでしまった。千沼壮士も後を追って死んだ。菟原壮士も負けじとあの世まで追いかけていった。身内の者は、処女を真ん中に、二人の壮士を左右に墓を造った。そのいわれを聞いて、私は声を上げて泣いてしまった、というのが、この長歌のおおよそのあらすじである。注意したいのは、伝承を伝承として、遠く隔てられた過去のものとすることなく、感情移入しやすいよう、登場人物たちを実にいきいきと描き出していることである。とくに菟原処女が母親に語った台詞が記されているのが、印象的である。「物の数でもない私のために、立派な男の子が争っているのをみると、仮に生きていても、添い遂げられる気がしません。いっそ黄泉の国でおまちします」というのである。しかも彼女は、実は千沼壮士に心寄せていた。そのことは、彼が夢で彼女が死んだことを知ったことからわかる。思い合っていれば、夢で通じ合えるからである。しかしその慕情を隠して、彼女は死んだ。なんという意志に満ちた女性であろう。こうした女性像を造形しえたことは、大いに評価されるべきである。遠い地方の昔の話だという伝承の枠組みの力を借りて、一種神話的な男女を表現として生み出した、といえようか。

反歌

葦屋の菟原処女の奥つ城《き》を行き来《く》と見れば音のみし泣かゆ（巻九・一八一〇）

墓の上の木《こ》の枝《え》なびけり聞きしごと千沼壮士にし依りにけらしも（巻九・一八一一）

右の五首、高橋連《むらじ》虫麻呂が歌集の中に出でたり。

反歌の一首目は、墓を見ての感慨である。本当に虫麻呂が墓を見たのかどうか、それはわからない。わかるのは、伝承を今現在の自分の心に訴えるものとしていることである。地方の伝承を今に再生する方法だったのであろう。二首目では、処女の心が千沼壮士に傾いていたことが、今目に見える形で示される。意志に満ちた女性像が、眼前に立ち上がる工夫であろう。

《引用本文と、主な参考文献》

・小島憲之・木下正俊・東野治之校注・訳『新編日本古典文学全集　萬葉集』①～④（小学館、一九九四～六年）を使用した。

・神野志隆光・坂本信幸企画編集『セミナー　万葉の歌人と作品　第四巻　大伴旅人・山上憶良（一）』（和泉書院、二〇〇〇年）、『同　第五巻　大伴旅人・山上憶良（二）』（同）、『同　第七巻　山部赤人・高橋虫麻呂』（和泉書院、二〇〇一年）

《発展学習の手引き》

・村山出『憂愁と苦悩　大伴旅人・山上憶良』（新典社、一九八三年）、中西進『中西進万葉論集　第八巻　山上憶良』（講談社、一九九六年）、井村哲夫『憶良・虫麻呂と天平歌壇』（翰林書房、一九九七年）、大久保広行『筑紫文学圏論　大伴旅人筑紫文学圏』（笠間書院、一九九八年）、稲岡耕二『山上憶良』（吉川弘文館、二〇一〇年）

3　六歌仙時代

《目標・ポイント》『古今集』の仮名序に由来する六歌仙は、同集へと続く新しい表現を切り開いた歌人たちで、境界的であるところに特色があり、とくに遍昭・小野小町・在原業平の三人は物語化された。

《キーワード》六歌仙、遍昭、小野小町、在原業平、境界性

1　「六歌仙」について

＊『古今集』仮名序と六歌仙

六歌仙と通常言い習わしている、六人の歌人がいる。ことの始まりは、『古今和歌集』（以下、『古今集』）の仮名序で、この六歌人が紹介されていたことによる。そこでは、和歌の歴史をおおまかにたどってきて、『万葉集』の後はあまり歌を知る人も、歌を詠む人も少なくなった、と言った後、次のように述べている。

そのほかに近き世にその名聞こえたる人は、すなはち僧正遍昭《そうじょうへんじょう》は、歌のさまは得たれどもまこ

と少なし。たとへば絵に描ける女《おうな》を見ていたづらに心を動かすがごとし。

在原業平《ありわらのなりひら》は、その心あまりて言葉足らず、しぼめる花の色なくて匂ひ残れるがごとし。

文屋康秀《ふんやのやすひで》は、言葉巧みにてそのさま身に負はず。いはば商人のよき衣着たらむがごとし。

宇治山の僧喜撰《きせん》は、言葉かすかにして始め終りたしかならず。いはば秋の月を見るに暁の雲にあへるがごとし。詠める歌多く聞こえねば、かれこれを通はしてよく知らず。

小野小町《おののこまち》は、いにしへの衣通姫《そとおりひめ》の流なり。あはれなるやうにて強からず。いはば良き女の悩める所あるに似たり。強からぬは女の歌なればなるべし。

大友黒主《おおとものくろぬし》は、そのさまいやし。いはば薪負へる山人の、花の蔭に休めるがごとし。


彼らの中にはよく生涯がわかっていない歌人もいるが、比較的判明している、遍昭の生存年が八一六～八九〇年、業平が八二五～八八〇年であるので、おおよそ九世紀の半ばより少し前あたりから後半にかけて活躍した、と考えてよさそうである。九〇五年に成立したと考えられている『古今集』の時代からすれば、ちょうどその前夜に活動していた先輩たちということになる。歌で名を馳せた彼らは、自分たちの歌の素晴らしさを訴えようとする、紀貫之《きのつらゆき》ら『古今集』の歌人にとって、いやでも意識せざるをえなかった存在だったのだろう。

それぞれの歌人の寸評が面白い。寸評の後にその歌人の例歌が付いているが、これらは後人の注だと考えられるので、省略した。ここには「六歌仙」という名称は見えない。「仙」というのは、「才芸に優れた人、高尚な人」という意味で、基本的に褒め言葉である。後世の人の彼らへの敬意がうかがわれる。一方、仮名序の彼等への批評はけっこう手厳しい。遍昭は「歌の表現の仕方は和歌らしくなっているのだが、真実味が乏しい」、在原業平は「思いが溢れすぎていて、表現が追いついていない」、小野小町は「昔の衣通姫の流れを汲んでいる。しみじみとした感銘を与えるところはあるが、表現の強さに乏しい」と、長所も短所も指摘している。六歌仙と後には言われるけれども、仮名序の中では、必ずしも褒めちぎっているわけではなく、むしろ和歌の衰退の中で相対的に優れている歌人とされているといってよい。『古今集』の、つまり自分たちの和歌復興運動を強調するために述べている文脈なのである。

この三歌人はまだしも評価されている方で、ほかの三人となると、否定的な論評が目に付く。この二グループの間にはずいぶん扱いの差があり、それに応じるかのように、『古今集』に採られた歌の数も後者は少ない。今回は、その評価されている方の三歌人を、主として取り上げたい。

2 僧正遍昭

＊遍昭という人

遍昭は遍照とも表記し、俗名は良岑宗貞《よしみねのむねさだ》といった。桓武《かんむ》天皇皇子である良峰安世《やすよ》の子である。左近少将・蔵人頭などを歴任し、仁明《にんみょう》天皇の死に伴って出家し（八五〇年）、僧正に至っている。高僧と呼んでよい。花山の地に元慶寺（古くはがんぎょうじ、現在はがんけいじ。花山寺とも）を創建し、花山僧正と呼ばれた。息子にはやはり歌人の素性《そせい》法師がいる。家集に『遍昭集』（他撰）があるが、これは、『古今集』や『後撰集』『大和物語』から、遍昭の歌を抜き出して編集したものが元になっている。『古今集』に十七首、勅撰集全体で三十六首入集している。

＊物語化される遍昭

遍昭、業平、小野小町と並べあげると、自ずと一つの共通点が浮かび上がる。彼等が詠んだ和歌を中心に、早い時期から物語化されていることである。小町や業平ほどではないが、遍昭にもその傾向はある。

石上《いそのかみ》といふ寺にまうでて、日の暮れにければ、夜明けてまかり帰らむとてとどまりて、「この寺に遍昭侍り」と人の告げ侍りければ、もの言ひ心見むとていひ侍りける

小野小町

石《いわ》の上に旅寝をすればいとさむし苔の衣を我に貸さなん（後撰集・雑三・一一九五）

返し

遍昭

世をそむく苔の衣はただ一重かさねばうとしいざ二人寝ん（一一九六）

石上寺（奈良の天理市にあった寺）に参詣した小町は、この寺に遍昭が居ると聞いて、歌を詠みかけて反応を見ようとした。腕前を試そうと、茶目っ気を出したのである。歌人どうしの歌の勝負というべきだろう。ただ後世には、恋多き美女という小町像を作る一因となった。小町は、「石上寺という名の通り、石の上に旅寝をするとたいそう寒い。あなたの僧衣を私に貸してください」と挑発した。「遁世した私の僧衣はただ一重のもの。かといって貸さなければ冷淡です。さあ二人で寝ましょう」と当意即妙に、しゃれっ気たっぷりに答えたのである。一方『大和物語』に目を転じると、その百六十八段は、遍昭の人生を語る長い章段となっているが、小町とのこのやりとりも入っていて、遁世生活を送る遍昭の人生の一齣として組み入れられている。

「遁世した私の僧衣はただ一重だ」という上句に対して、普通ならどういう下句を続けるだろうか。「とても貸せない」と答えて終わりそうなものではないか。ところが遍昭は、さあ二人で寝ようと、突如常識からひらりと身をかわして求愛してしまう。寺という場、僧侶という立場を考えればいかにも大胆で、さすがの小町も二の句が継げなかったことだろう。いやむしろ僧侶であり、寺という場であるからこそ、このような図々しいことも言えたのであり（でないと、本気にされてしまいかねない）、そういう機敏さこそが遍昭らしかったのだろう。聖と俗との次元の違いを軽々と越えてしまうような自由さをもっているのである。

志賀より帰りける女どもの、花山に入りて藤の花のもとに立ち寄りて帰りけるに、よみておくりける　　僧正遍昭

よそに見て帰らむ人に藤の花はひまつはれよ枝は折るとも（古今集・春下・一一九）

「はひまつはれよ」なども僧侶とは思えないような、俗っぽい表現だ。

蓮葉《はちすば》の濁りにしまぬ心もてなにかは露を玉とあざむく（古今集・夏・一六五）

この歌では、「あざむく」が大胆だ。「蓮葉の濁りにしまぬ」とは、「世間の法に染まらざること、蓮華の水にあるがごとし」（法華経・従地湧出品）に依拠する表現だが、それだけに、まるで『法華経』の言葉を疑っているかのような言い方になっている。信仰の世界に悟りすまして閉じこもらない、自在さを見せている。和歌だからこういうことが言えたのだろうし、遍昭だから許されたのだろう。

深草の帝の御時に蔵人頭《くろうどのとう》にて夜昼慣れつかうまつりけるを、諒闇《りょうあん》になりにければ、さらに世にもまじらずして比叡の山にのぼりて頭おろしてけり、その又の年、みな人御服脱ぎて、あるはかうぶり賜りなどよろこびけるを聞きてよめる　僧正遍昭

みな人は花の衣になりぬなり苔の袂よかわきだにせよ（古今集・哀傷・八四七）

これも『大和物語』百六十八段の中心的なエピソードとして組み込まれている。諒闇とは、天皇の崩御に際して喪に服する期間のこと。深草の帝、すなわち仁明天皇に蔵人頭として仕え、寵愛された良岑宗貞は、天皇の死に遭遇するや、わずか三十五歳で出家した。官人としての出世コースを捨て、天皇に忠節を尽くしたのである。その潔さは、当時相当に評判になったと想像される。遍昭自身にとっても、自負するところがあったろう。一首は、そのような心情をもとにしている。天皇に関わるものでなくても、葬儀をおこなうこと、喪に服することは、社会的に重要な儀礼である。その儀礼は、いわば死と生とを分かつ境界である。人々は、喪に服することで境界的な時間を過ごし、喪が明ければ、また日常生活に戻る。のみならず、昇進したり、出世したりする。しかし遍昭は戻らなかった。きっぱりと俗世を投げ捨て、出家した。いわば聖俗の境界を越えたのである。「みな人は」の一首は、境界を踏み越えて、向こう側の世界にいる者だけがもつ自尊の思いがあふれている。

出家という境界をめぐる遍昭の歌は、これだけではない。

はじめて頭《かしら》おろし侍りける時、物にかきつけ侍りける　遍昭

たらちめはかかれとてしもむばたまのわが黒髪を撫でずやありけん（後撰集・雑三・一二四〇）

「たらちめ」、すなわち親にしても、黒髪にしても、生命を象徴するような存在である。出家という行為は、擬制的には死に等しいから、出家するという、生と死のぎりぎりの際に至って、命というものを切ないほどにかみしめているのだろう。身体の奥底から湧き上がるような、後悔の念。逆にそう心情を吐露してのけるだけに、腹の据わった決意なのだと察せられる。以上の歌々を見ると、聖俗の境界に立つことを自らの歌の、一つの、しかし大きな立脚点とする遍昭の歌人としての姿勢が見えてくる。

3　小野小町

＊小野小町という人

小野小町の人生は謎に包まれている。『尊卑分脈《そんぴぶんみゃく》』や「小野氏系図」には小野篁《たかむら》（八〇二～八五二）の孫で、出羽郡司良実《よしざね》（真）女であるとするが、信用することは出来ない。『古今集』に安倍清行《あべきよゆき》（八二五～九〇〇）や文屋康秀（遍昭と同世代）との歌の贈答があり、前節で見たように、『後撰集』に遍昭とのやりとりがあるので、小町も彼らとほぼ同世代と見て、八二一年ほどの生まれかとも推定される。康秀・遍昭が仁明天皇（在位は八三三～八五〇）と関わり深かったことから見て、小町も仁明天皇に仕え、その更衣であったかともいわれている（片桐洋一氏説）。

その文屋康秀とのやりとりを見よう。

文屋康秀、三河掾《みかわのぞう》になりて、県見《あがたみ》にはえ出で立たじやといひやれりける返事によめる

小野小町

わびぬれば身をうき草の根を絶えて誘ふ水あらばいなむとぞ思ふ（古今集・雑下・九三八）

康秀は、三河の国の視察にでもいらっしゃいませんか、つまり私と一緒に行きませんかとユーモアを交えて小町に誘いかけた。小町は和歌で答えた。その答えがふるっている。少しくだけた現代語に直せば、「あら、こんな私に声をかけてくれて嬉しい。でも本気にしますよ、私は今の暮らしがほとほと嫌で、誘いがあればそのまま流れていきたいと思っているんですから」とでもいえばよいだろうか。普通なら、行きたいけれど無理です、などと答えそうなところだが、それでは、本気で誘ったかどうかも定かでない康秀の言葉を真に受けたかのようで、野暮になるだろう。まるで今にも出かけそうに演じて誘ってくれた康秀への謝意を含ませつつ、ここぞとばかり我が人生にまつわる思いを吐露しているのである。こんな芸当ができるのは、彼女が、今ここをいつ立ち去っても構わない、今の悩みばかりの人生に未練などない、という表現上のスタンスを保持しているからだろう。通常の人生や社会の外側から人間を見つめることのできる余裕を感じるのである。その意味で、彼女も越境して和歌を詠んでいる。小町の歌のえも言えぬ魅力の源泉の一つはそこにあろう。

＊夢の歌

題しらず

小野小町

思ひつつ寝《ぬ》ればや人の見えつらむ夢と知りせばさめざらましを（古今集・恋二・五五二）

うたたねに恋しき人を見てしより夢てふものは頼みそめてき（五五三）
いとせめて恋しき時はむばたまの夜の衣を返してぞ着る（五五四）

大変有名な、小町の夢を主題とする歌である。恋歌二の巻頭に三首並んで据えられているところから見ると、『古今集』の撰者たちも、小町を夢の恋歌に優れた歌人と認めていたことがわかる。第一首目は、現実に恋しい人のことを思いながら寝たので、その人が夢に見えた。夢の中で夢だと察して、その夢から覚めないようにすることを、現実の中で望む。作者は、夢と現実のあわいを、行きつ戻りつしている。夢とも現実ともつかない、あるいは夢でも現実でもあるような場所を好んで目指している。第二首目は、うたた寝の夢の中であの人を見た時から、夢を頼りにし始めた。夢に相手が現れるのは、相手が自分を思っているからだという俗信を背景にしている。だから期待が持てる、と言うのとは少し違うと思う。現実に逢うのは難しいが、夢でなら、とあてにし始めた。夢なんてはかない……という嘆息を含んでいるのだろう。夢の方に現実感を感じている、と言ってよいかもしれない。つまりこの歌にも、夢と現実のあわいに佇む作者の姿が浮かび上がるのである。

題しらず　　　　小町
うつつにはさもこそあらめ夢にさへ人目を避《よ》くと見るがわびしさ（古今集・恋三・六五六）
限りなき思ひのままによるも来《こ》む夢路をさへに人はとがめじ（六五七）
夢路には足もやすめず通へどもうつつに一目見しごとはあらず（六五八）

こちらは、恋三に連続して入っている小町の歌。やはり夢を詠んだ恋の歌である。しかしこちらは、もっと疎遠になり、夢でも会いがたくなった状況を詠んでいる。「人目を避く」「限りなき思ひのままに夜も来む」「足も休めず通へども」と、それぞれに夢の中での行動が、具体的に語られている。恋二の三首に比べ作者はより夢の中に入りこんでおり、その分現実に対する絶望も深い。

4　在原業平

＊動揺する主体

在原業平は、平城《へいぜい》天皇の皇子である阿保《あぼ》親王と桓武天皇皇女伊都《いと》内親王の子である。在五中将《ざいごちゅうじょう》などとも呼ばれる。棟梁《むねやな》・滋春《しげはる》は子、元方《もとかた》は孫。行平《ゆきひら》は異母兄。『古今集』に撰者以外で最多の三十首が入集している。『伊勢物語』は業平に擬せられる男の一代記の形をとる。『古今集』には、その『伊勢物語』とよく似た詞書をもつ歌が見られる。それを検討してみよう。

五条の后の宮の西の対に住みける人に本意にはあらでもの言ひわたりけるを、睦月の十日あまりになむほかへ隠れにける、あり所は聞きけれども言はで、又の年の春、梅の花さかりに月のおもしろかりける夜、去年を恋ひてかの西の対にいきて月のかたぶくまであばらなる板敷に伏せりてよめる
在原業平朝臣

月やあらぬ春や昔の春ならぬわが身ひとつはもとの身にして（古今集・恋五・七四七）

『伊勢物語』第四段とほぼ同文である。愛し合っていた女性が逢えない場所に去ってしまった。

男の心は、自分に確信がもてなくなるほど、揺らいでいる。あの昔は本当にあったのか、今のこのありさまはどういうことなのか。去年の春と、今の春との間で、彼の存在自体が引き裂かれている。引き裂かれている渦中にある自分を、これほど見事に写し取った言葉が他にあるだろうか。「私は引き裂かれている」と冷静に言語化すれば、それはもう安定した主体にほかならない。動揺しておさまりがたい主体をそのまま写し取ったかのような文体になっていることに注目したい。

惟喬《これたか》の親王のもとにまかり通ひけるを、頭おろして小野といふ所に侍りけるに、正月にとぶらはむとてまかりたりけるに、比叡《ひえ》の山の麓なりければ雪いと深かりけり、しひてかの室《むろ》にまかりいたりて拝みけるに、つれづれとしていと物がなしくて、帰りまうできて詠みておくりける

（業平の朝臣）

忘れては夢かとぞ思ふ思ひきや雪踏み分けて君を見むとは（古今集・雑下・九七〇）

業平は、出家して小野という所に住んでいた惟喬親王を、正月に訪ねた。小野というのは、比叡山の麓にあって、雪がひどく深く積もっていた。苦労して親王の僧坊に着いてみると、所在なげな様子をしていて、とてももの悲しかった。帰宅してから詠み贈った歌が、「忘れては」である。かつて親王であった時代の華やかな暮らしと、現在の侘しげな生活とのあまりの違いが信じられない。現実感そのものが揺らぎだしてしまうほどだ。昔が夢だったのか、それとも今が夢なのか。昔と今のどちらにも確実な自分を把握できず、両者の間で揺れ動いてしまう。そんな状態が歌の抒情の根幹にある。『伊勢物語』八十三段も全体はほぼ同じとはいえ、歌は親王のもとからの帰り際に詠ん

だことになっていて、より動揺している感じは強まっている。

あづまの方へ友とする人一人二人いざなひて行きけり、三河《みかわ》の国八橋《やつはし》といふ所にいたれりけるに、その河のほとりにかきつばたいとおもしろく咲けりけるを見て、木の蔭に降り居て、「かきつばた」といふ五文字を句の上《かみ》に据ゑて旅の心をよまむとてよめる

在原業平朝臣

唐衣《からころも》着つつなれにしつましあればはるばるきぬる旅をしぞ思ふ（羇旅・四一〇）

これも『古今集』から引用したが、『伊勢物語』第九段の東下りの冒頭のくだりと、ほぼ同内容の詞書が付けられている。業平の歌とその歌をめぐる物語とが切り離せないものとして捉えられていたことがわかる。歌は実にレトリックにあふれている。「か、き、つ、は、た」を五句それぞれの第一字目に置いているだけでなく、初句に「唐衣」を提示したことに端を発して、「なれ（馴れ・穢れ）」「つま（妻・褄）」「はるばる（遥々・張る）」「き（来・着）」が「衣」の縁語になっている。二つ並べた同音異義語の前者はすべて旅に関わり、後者が全部衣と関連する語である。技巧的といえばこれほど技巧的な歌はない。しかし人為的ではない。言葉の偶然性を最大限に生かしているからである。それゆえ、人間の能力では計り知れない超越的な力が働いて、おのずとこの歌の言葉が出来上がった、言葉が連動したという印象が生まれる。人々を感動させる力の源泉である。

もう一つ、ぜひとも注意しておきたいことがある。詞書（物語も）の文章が、極めて境界性に満ちていることである。「三河の国八橋」という地名が出てくる。この歌と物語でこそ有名になったが、

それ以前は知られていない地名である。おそらく言葉から選ばれた地名だと思われる。「三河」の国は、「参河」とか「三川」などとも表記するが、要するに川のイメージだろう。その国の川に「八橋」つまり多くの橋が架かっている。川は二つの土地を分断し、橋はその分断された土地をつなぐ。いずれも境界的存在と言いうる。その「河のほとり」つまり河原の辺りであろうけれども、これも境界的な場所となる。木の蔭も、蔭を作るような大きな目印となる木の付近なので、ここも周囲から区別される、境界的な空間である。燕子花《かきつばた》は、そういう場所に群生し、あの目立つ美しい花を開かせていた。「かきつばた」は、歌では「かき」（垣）を掛詞として用いられることがあった。作者の意図はさておき、境界的だと受け取られうる語である。

業平は、そして物語の中の男は、旅への思いを、言葉が連動する超越的な力に助けられて言葉にした。それが「唐衣」の歌だった。『古今集』の詞書も『伊勢物語』も、そういう言葉の獲得がどれほど奇跡的なものであったかを、境界という特別な空間の中で詠まれた経緯を強調することで、読者に納得してもらおうとするかのようである。業平（男）は、今の現実生活を捨てて、新しい人生を目指した。しかし新しい人生など簡単には手に入らない。壮絶な生みの苦しみを経なければならない。境界は、その苦しみの過程を、象徴的に表しているのだろう。

＊復活の胎動

遍昭、小野小町、在原業平を取り上げた。三人とも、ある定められた領域に安住・安定することができず、異なった世界へ向かおうとし、動揺し続けるという点では共通する。どっちつかずなのである。このような特色を、広い意味で境界的な性格をもつと捉えたい。リアリティや現実的な衝迫力に富みながら、つまり人間的な心を感じさせながら、しかも向こうにある理想的な世界にも足を踏み入れている。理想と現実の二重世界を生きているのである。だから安定感には乏しい。秩序を重んじる社会性には欠ける。その分、居場所を求めてやまない人の心の奥底に訴えかけ続けた。彼ら自身が、訴えかけようと、そういう特異な生きざまを歌とともに演じたといえるだろう。和歌は新たな魅力を注入され、復活へと胎動を始めた。

《引用本文と、主な参考文献》

・『古今集』は、高田祐彦訳注『新版 古今和歌集 現代語訳付き』（角川学芸出版、二〇〇九年）によった。『後撰集』は、片桐洋一校注『新日本古典文学大系 後撰和歌集』（岩波書店、一九九〇年）によった。

《発展学習の手引き》

・目崎徳衛『平安文化史論』（桜楓社、一九六八年）は、遍昭と業平について、歴史家の目から人物像をまとめている。川村晃生『摂関期和歌史の研究』（三弥井書店、一九九一年）所収の遍昭論も参考になる。小野小町と在原業平の参考文献は数多いが、目崎徳衛『在原業平・小野小町』（筑摩書房、一九七〇年）、片桐洋一『小野小町追跡』（笠間書院、一九七五年）、同『天才作家の虚像と実像 在原業平・小野小町』（新典社、一九九一年）などが、わかりやすくまとめ、問題点を示している。

4 『古今集』の撰者たち

《目標・ポイント》 初めての勅撰和歌集である『古今集』が成立したことは、和歌史にとって重大な出来事だった。そこには虚構の世界に入り込むようにして詠む方法が見られる。それは言葉が生み出す世界を尊重し、そこに現実を寄り添わせようとするものであった。

《キーワード》 紀貫之、紀友則、凡河内躬恒、壬生忠岑、屏風歌、理知的性格

1 撰者たちの屏風歌

＊『古今集』の四人の撰者

宇多《うだ》天皇の時代（在位八八七〜八九七）になると、和歌の気運は急速に高まっていった。この気運を基礎にして、次の醍醐《だいご》天皇の時代（八九七〜九三〇）には、天皇の命令によって選ばれる和歌集、すなわち勅撰和歌集が初めて編纂された。『古今和歌集』（以下、『古今集』）である。序文に延《えん》喜《ぎ》五年（九〇五）四月十八日の日付があり、これが奏覧の日付だろうと言われている。奏覧とは、命を下した天皇に御覧に入れることであり、すなわち正式な成立の日である。編纂の命を受け、撰者の栄に浴したのは、紀友則《きのとものり》・紀貫之《きのつらゆき》・凡河内躬恒《おおしこうちのみつね》・壬生忠岑《みぶのただみね》の四人であった。この中では大内記《だいないき》

であった紀友則（生没年未詳）がもっとも身分が高く、また年長でもあった。つまり撰者のリーダー格と目される存在であったが、残念ながら編纂途中で没したらしい。彼の死を悼む歌が、ほかならぬ『古今集』に入っているからである。『古今集』に四十六首の和歌が採られ、これは入集数で第三位であった。友則に代わって撰者の中心的存在となったのが、紀貫之（八七一頃～九四六頃）である。仮名序も執筆し、入集数は百二首に及び、第一位の入集数であった。私撰集である『新撰和歌』を選んだり、『土佐日記』を執筆したりと、『古今集』編纂以後も、文学史上に重要な足跡を残している。凡河内躬恒（生没年未詳）は六十首入集で第二位。後世、貫之のライバル的存在と見なされた。壬生忠岑（生没年未詳）は、三十六首入集で第四位。彼らを中心に『古今集』の世界を見てみることにしよう。

＊賀部の屛風歌

撰者たちは、自分自身の歌も『古今集』に選び入れている。それはどういう歌であったろうか。とくに彼等の歌がまとまった形で、並んで配列されている箇所に注目してみる。そこには、撰者たちが自信をもって示そうとした、時代の最先端の『古今集』の姿が凝縮しているはずである。まずは、賀の部の中の、屛風歌から。

尚侍《ないしのかみ》の右大将藤原朝臣の四十賀しける時に、四季の絵かける後ろの屛風にかきたりける歌

春

春日野に若菜摘みつつよろづ世を祝ふ心は神ぞ知るらむ（三五七）【素性《そせい》】

山高み雲居に見ゆるさくら花心の行きて折らぬ日ぞなき（三五八）【躬恒】

夏

めづらしき声ならなくに郭公ここらの年を飽かずもあるかな（三五九）【友則】

秋

住の江の松を秋風吹くからに声打ち添ふる沖つ白浪（三六〇）【躬恒】

千鳥鳴く佐保《さほ》の河霧立ちぬらし山の木の葉も色まさりゆく（三六一）【忠岑】

秋くれど色も変はらぬ常磐山よその紅葉を風ぞ貸しける（三六二）【是則《これのり》】

冬

白雪の降りしく時はみ吉野の山下風に花ぞ散りける（三六三）【貫之】

『古今集』の中で、この歌々に限っては作者名が記されていない。ただ各人の家集などから【　】のように作者を絞り込むことが可能になる。素性法師・坂上《さかのうえの》是則も撰者時代の重要な歌人だが、ここでは撰者のみ取り上げることにする。まずこれらの歌が詠まれた場を確かめよう。尚侍であった藤原満子《ふじわらのまんし》は、右大将の藤原定国《ふじわらのさだくに》の四十の賀を催した。「四十の賀」は四十歳になったお祝いの宴のこと。満子と定国は、兄妹である。そして、醍醐天皇の母である胤子《いんし》は、この満子の姉に当たっていた。その醍醐天皇の養育に満子は功があった。そのような人間関係が背後にあって、この四十賀には醍醐天皇の配慮があったことが確かめられる。たんに妹が兄の長寿のお祝いをしたのではなく、天皇の働きかけのあった祝賀の場だったのだ。

この四十賀は延喜五年（九〇五）二月に執り行われた。『古今集』成立の直前である。こういう時、お祝いされる人物の後ろには、屏風が新調される。ここでは、四季の絵を描いてあって、その絵にふさわしい和歌が色紙形（屛風の一部を四角形に彩色した部分）に書き付けられていたのである。屛風は祝賀空間を創り上げる最大の舞台装置であり、祝賀の場を象徴するものといいうる。

三五八番の躬恒の「山高み」は、遠く山の上の方に咲く桜を詠む。「雲居」は桜の咲いている場所の高さをたとえていると同時に、花が雲のように見える、という見立てにも通っている。そしてはるかに仰ぎ見る存在として、この場の主人公定国を称える気持ちが込められている。いわば高嶺の花だ。だからといって、まったく自分たちはそれと無関係に過ごしてはいない、というのがこの歌のユニークなところ。毎日心だけはそこまで行って、枝を折っている、つまり、実際にはとても近づけないが、憧れぬいたあげく、自分のものにしてしまったつもりになっている、というのである。山の桜が描かれていただろう屛風の絵の中に、ずんずんと入り込んで行くかのような歌だ。

次の友則の歌は夏のホトトギスの歌。毎年毎年夏になれば鳴く時鳥《ほととぎす》は、珍しいとはいえないのだがね、とまずは詠歎する。珍しくない、というのは、絵は変化しない、ということと響き合っている。絵を意識して興じているのである。「ここらの年」（数多くの年）は、その毎年毎年の繰り返しのことを含んで言っている。代わり映えしないのに満足しきるなどということがない。いつも新鮮な感動を与えるからだ。変わらぬ絵柄の向こうから、時鳥の声が聞こえてくるようだ。

躬恒の「住の江の」は秋の歌。住吉の海岸の松の木に吹く風の音と、沖の方の白波の音――風に吹かれて波立っているのである――とが呼応するように響き合うことを歌っている。無音の絵に、音を響かせている歌だ。絵と歌がそれこそ響き合っている。また、住吉には住吉社がある。神の意志がこうした音の呼応を生み出したかのようにも受け取られ、祝賀の気分にもよく合致する。

忠岑の「千鳥鳴く」は、紅葉を深くしつつある山から――その絵が描かれているのだろう――佐保川の千鳥と霧を想像している。見えない風景に想像を巡らすことで、絵を動きのある生き生きとした現実の風景に変えていく。

最後の貫之の「白雪の」は、雪の中の冬の吉野山の歌。麓へと吹き下ろす、いわゆる山おろしの風によって、降りしきる雪が、ぱあっと、花が散るように舞い散るのだ。雪を花に見立てて、春を待望する心を表現している。この歌も動きがあって、絵を精彩あるものにしている。しかも、降りしきる雪と吹き下ろす風というかにも冬らしい山の風景を、「見立て」という幻視の姿勢によって、一瞬にしてはなやかな春の光景にかえてしまう手腕は大したものだ。

これらの屏風歌は、撰者たちの一般的な詠み口ととくに変わったところはない。つまり彼等の歌の詠み方は、屏風歌の詠み方によく合致するのである。一つは、虚構の世界に入り込んで、そこで諸感覚を動員しながら、生き生きと生きる主体を歌う詠み口。もう一つは、詠むべき対象を賞賛する詠み口である。

2　恋二の歌

＊恋二の撰者の歌

『古今集』では、恋の部に五巻を当てている。歌数でいうと、三百六十首である。全部で二十巻、千百首の中でのこの数字だから、いかに恋という主題に重点をおいていたかがわかろう。宮廷の中でも女性たちのあつまる後宮というサロンが、『古今集』の大きな母胎となっていたことが理由の一つとして考えられる。さて恋の五巻の中でも、恋部の第二の巻（恋二）は、群を抜いて撰者の歌が多い。とくに、五九二番から六〇九番までの一八首は、清原深養父《きよはらのふかやぶ》の六〇三番以外は、すべて撰者の歌が並べられている。その中からいくつか歌をピックアップしてみよう。

たぎつ瀬に根ざしとどめぬ浮草の浮きたる恋も我はするかな（五九二・忠岑）
しきたへの枕の下に海はあれど人をみるめは生ひずぞありける（五九五・友則）
風ふけば峰にわかるる白雲のたえてつれなき君が心か（六〇一・忠岑）
津の国の難波の葦のめもはるに繁きわが恋人知るらめや（六〇四・貫之）
言に出でて言はぬばかりぞ水無瀬川下に通ひて恋しきものを（六〇七・友則）
君をのみ思ひ寝に寝し夢なればわが心から見つるなりけり（六〇八・躬恒）
命にもまさりて惜しくあるものは見果てぬ夢のさむるなりけり（六〇九・忠岑）

まず注意されるのが、序詞を用いた歌が多いことだ。「たぎつ瀬に根ざしとどめぬ浮草の」→「浮きたる」（五九二）、「風ふけば峰にわかるる白雲の」→「たえて」（六〇一）、「津の国の難波の葦のめもはるに」→「繁き」（六〇四）がそれである。矢印の前が序詞、後ろが序詞に導かれている語句である。序詞は『万葉集』の時代から発達していたレトリックだから、撰者たちの時代には、かなり古風な印象を与えただろう。すなわちひと時代前の歌のスタイルが復活したイメージがあったと想像されるのである。だが実際には、古い詠み口をただ模倣しているわけではない。一つには言葉どうしを複雑に絡み合わせる方法と、また一つには言葉の食い違いを逆手に取って武器とする方法とが見られるのである。

序詞が、ただ直後の語句を導いているだけでなく、その中の語が、心情や他の語と関係を生み出しているのである。五九二では「たぎつ瀬」が恋心の奔流を思わせ、六〇一では、語としての「たえて」（ひどく）を導くだけにとどまらず、峰から離れていく雲が、冷淡な相手の比喩にもなっている。六〇四では、「めもはるに」が「芽も張るに」「目も遥に」の掛詞となっていて、なおかつ「目も遥に」すなわちはるばると見渡す限り繋っていながら、人に知られることがないという、言葉の上での矛盾を作り上げて、相手に知ってもらえない恋心のもどかしさや焦慮を浮かび上がらせている。

五九五・六〇七は、序詞の歌ではないけれども、やはり言葉どうしが複合的に絡み合っている。五九五の「海」は涙の比喩であるが、それと「みるめ」（見る目・海松布）が縁語になっている。といってもたんなる言葉上の関係にとどまらない。海になるほど涙を流しても、それであの人に逢えるわけではない、という現実のままならなさを苦いユーモアで噛みしめているのである。同じ友則の六〇七は、地上に水は見えず地下を流れる「水無瀬川」を有効に用いている。言葉で言わないことと、密かに心を通わしていることの二つの側面が重ね合わされているのである。いずれにしても、かっちりと言葉と言葉が組み合わされている印象が強い。

一方、六〇八と六〇九は、もっとストレートに詩情が表現されているように見える。けれどそうでもない。六〇八の「思ひ寝」に見た夢は、小野小町《おののこまち》の

思ひつつ寝ればや人の見えつらむ夢としりせばさめざらましを（古今集・恋二・五五二）

という歌にもあったように（47頁）はかないながらも、せめての頼りとすがるものだった。それ

を、自分の心が原因で見たのだ、と突き放すことは、思い通りにならない現実への諦めが込められていて、それが抒情のよりどころになっている。五九五の貫之歌にも似ている。六〇九忠岑歌は、見果てぬ夢を「命」よりも惜しいものとする。命のはかなさは夢にたとえられたりする。その命よりも惜しいというところに、はかないものに執着してしまう人生へのアイロニーが漂う。言葉が生み出す世界に対して、実に繊細な注意を払って歌を作っている。『古今集』の撰者たちの達成は、やはり第一にそこにあるだろう。

3　撰者たちの秀歌

＊紀友則の歌

『古今集』の中から撰者たちの秀歌をいくつかピックアップし、味わってみることにしたい。まずは紀友則から。

雪の降りけるを見てよめる　　紀友則

雪ふれば木ごとに花ぞ咲きにけるいづれを梅と分きて折らまし（冬・三三七）

「木ごと」は漢字で書けば「木毎」で、これを偏と旁として組み合わせれば「梅」の字が出来上がる。漢詩の離合詩の手法を応用したものといわれる。同じ『古今集』の「吹くからに秋の草木のしをるればむべ山風をあらしといふらむ」（秋下・二四九・文屋康秀）なども、「山風」で「嵐」となる機知を用いている。漢字と大和言葉が突然につながる。そこに言葉のマジックを感じ取る。そんな不思議さが、枝に積もった雪が梅に見えてしまう不思議さと響きあっている。

道にあへりける人の車にものを言ひつきて、別れける所にてよめる　友則
下の帯の道はかたがた別るとも行きめぐりてもあはむとぞ思ふ（離別・四〇五）

道中で出会った「人」の牛車に言葉をかけ、別れる折に詠んだ歌である。この場合の「人」は女性とみてよい。「言ひつきて」というのは、一般に男が女に色恋をしかけることをいうからである。下の帯とは下着の帯のこと。共寝を連想させる、実になまめかしいイメージが寄り添っている。帯の先がめぐりあうように、また巡り合いたい、という。なにやら、きっと巡り合う運命なのですという予言のようにも聞こえてくる。こんな出会いと別れがあったなら素敵だと、虚構の物語を作ったと見ても面白いだろう。理想の出会いと別れを演じたのである。

藤原敏行朝臣《ふじわらのとしゆきあそん》の身まかりにける時に、よみてかの家につかはしける　紀友則
寝ても見ゆ寝でも見えけりおほかたは空蝉《うつせみ》の世ぞ夢にはありける（哀傷・八三三）

藤原敏行は『古今集』の有力歌人で、六歌仙の時代から、撰者たちの時代にかけて活躍した。『伊勢物語』には、業平《なりひら》の家の女に敏行が歌を贈り、業平が代わって返歌をした、という話がある。一首は、友則がこの歌人を深く敬愛していたことがわかる哀悼の歌である。「寝ても見ゆ寝でも見えけり」は、業平によく見られる表現に近い。「見ずもあらず見もせぬ人の」（四七六）などであり、

業平が代作して敏行に贈った歌でも「思ひ思はず問ひがたみ」（七〇五）などと見られた。夢と現実の区別がつかなくなってしまった心境を歌っている。

＊凡河内躬恒の歌

次は凡河内躬恒。

隣より常夏の花をこひにおこせたりければ、惜しみて、この歌をよみてつかはしける
躬恒
塵をだに据ゑじとぞ思ふ咲きしより妹とわが寝るとこ夏の花（夏・一六七）

躬恒の家に常夏、すなわち瞿麦《なでしこ》の花が美しく咲いていたのだろう。隣家からその花を分けてほしいと手紙が来た。大事に育てた花なのですよ、大切にしてください、と親しみつつ答えた。その大事さを強調するために、「とこなつ」の「とこ」を「妻と私が寝る寝床」に引っ掛けた。古めかしささえ感じさせる大らかさを、あえて演出してみせたユーモアなのだろう。

法皇西河におはしましたりける日、「猿、山の峡《かひ》に叫ぶ」といふことを題にてよませたまうける
躬恒
わびしらにましらな鳴きそあしひきの山のかひある今日にやはあらぬ（雑体・一〇六七）

宇多法皇の大堰川《おおいがわ》御幸の際の遊宴で詠まれた歌。「西河」は大堰川のこと。延喜《えんぎ》七年（九〇七）

九月十日に行われた。まず漢詩が作られ、次に漢詩と同題で和歌が詠まれた。題の猿の和語「ましら」と「わびしら」を続け、さらに「峡」から「かひ」（甲斐）を導いて、法皇のお出ましのあった今日という日を寿ぎつつ、漢詩の題を巧みに和歌に詠みなしている。誉れを得たことであろう。

＊壬生忠岑の歌

次に壬生忠岑。

是貞《これさだ》親王の家の歌合によめる　　忠岑

久方の月の桂も秋はなほ紅葉すればや照りまさるらむ（秋上・一九四）

秋に月が明るくなるのは、月の桂の木が紅葉するからか、と推量した。月に桂の木が生えているというのは、中国の故事。実はこの歌の発想は、すでに『万葉集』に、

黄葉《もみち》する時になるらし月人の桂の枝の色づく見れば（巻十・二二〇二・作者未詳）

に見えていた。とすればこの歌の手柄は、この発想を、月が明るくなる理由を想像して改めて示すという、おおどかな身振りで歌い収めたことにあったことになる。

春日の祭にまかれりける時に、物見に出でたりける女のもとに、家をたづねてつかはせりける　　壬生忠岑

春日野の雪間をわけて生ひ出でくる草のはつかに見えし君はも（恋一・四七八）

春日大社の二月の祭礼の時、春日詣でと呼ばれる勅使の行列を見物していた女性に贈った歌である。ちらりと見かけた女性を春の若草にたとえた。春日という場と、二月という時節に即して歌っているだけでなく、なかなか本題に入らないでじりじりさせ、最後の最後で謎が明かされる構成が誘惑的である。忠岑の実体験かも知れないが、そうであるか否かにかかわらず、物語の一場面を感じさせる歌になっている。

題知らず　　　　壬生忠岑
有明のつれなく見えし別れより暁ばかり憂きものはなし（恋三・六二五）

「つれなし」は、無情だ、知らん顔だ、の意である。明け方、女のところからやむなく帰ろうとして辛い気持ちでいるのに、そんなことも知らん顔でと、夜が明けても空に掛かっている月を形容している。と同時に、会ってくれない相手の女性の形容でもある。一晩中言葉を尽くしたが、相手が心を開かなかったのだろう。それ以来、夜明け方になると、辛い思い出が蘇ってきて堪えがたい、ということである。有明の月と女性の重ね合わせが見事だろう。

＊紀貫之の歌

次は紀貫之。

春立ちける日よめる　　　　　　紀貫之
袖ひちてむすびし水のこほれるを春立つけふの風やとくらむ（春上・二）

「袖ひちてむすびし水」は、袖も濡れんばかりにして手ですくって飲んだ水ということだから、夏の季節の出来事である。もう少し細かくいうと、夏に涼を求める行為だから、実は秋もひそやかにではあるが含まれている。その水が氷ったのは冬のこと。その氷を立春の今日の風が溶かしているだろうか、と春の到来を想像している。実に三つ、細かくいえば四つの季節すべてが、水にちなんで一首の中に表されている。四季の運行をそのまま体現したような歌である。敬服のほかはない。

志賀の山越えにて、石井のもとにて、ものいひける人の別れける折によめる　貫之
むすぶ手のしづくに濁る山の井のあかでも人に別れぬるかな（離別・四〇四）

「志賀の山越え」は、京の北白川から如意ケ峰《にょいがみね》を通って近江国の志賀に出る道のこと。近江国の志賀寺（崇福寺）への参詣路として利用された。「石井」は石で囲った井戸のことであるが、岩間の湧き水や清流を思い浮かべればよいだろう。山道を行く人が休息をとる場所であり、人々がほっとした思いで出会う境界的な場所にもなる。「むすぶ手の」から「山の井の」までの上句は、「あかでも」を起こす序詞。山の井の水は浅いのですくって飲もうとしても水が濁って十分飲めない、という意味と、名残り惜しいのにもう別れなければならないの意を掛けている。のちに藤原俊成《ふじわらのしゅんぜい》は、「歌の本体は、ただこの歌なるべし」と述べた。歌のお手本となる、理想的な風体だ、というので

ある。その理由は、やはり一首の序詞のすばらしさにあったようだ。言葉が生み出す世界と、別れがたい思いという現実感覚が、うまく溶け合っているのである。

河原の左大臣の身まかりての後、かの家にまかりてありけるに、塩竈《しおがま》といふ所のさまをつくれりけるを見てよめる　紀貫之
君まさで煙絶えに塩竈のうらさびしくも見えわたるかな（哀傷・八五二）

「河原の左大臣」は、源融《みなもとのとおる》のこと。源融（八二二〜八九五）は、嵯峨《さが》天皇の皇子で、京の六条の広大な敷地に、風流を尽くした邸宅を営んだ。その庭園は陸奥国の歌枕の塩竈の浦（松島湾の一部）を模して造られた、贅《ぜい》を尽くしたものだったという。松島湾は島々の点在する絶景で有名だが、河原院の池にも、多くの島が作られていたのであろう。「うら」は「浦」と「うら（さびし）」の掛詞。源融の死後、その河原院に出かけて、往時をしのんだものである。「煙絶え」は、塩竈の浦の製塩をまねて煙を立てていた、その煙も絶えて、ということなのだろう。ただ、人が暮らさなくなったというイメージが伴う。河原院のその後については次の章でも取り上げるが、失われた理想的な盛りをしのぶことが一つの詩精神のありかとなっていることに注意したい。

＊『古今集』撰者の和歌の理知的性格

『古今集』は理知的で、機知を好む傾向があるといわれる。それゆえ否定的に扱われることもないではない。しかし、それは言葉を大切にした証しでもある。言葉が作り上げる世界を、とことん追及していった、だから現実を越えた想像力の世界を展開できた、ということができる。ただしそ

れは現実的な感覚を無視していた、ということではない。それでは、ほかならぬ紀貫之が書いた『古今集』仮名序の「やまとうたは、人の心を種として、よろづの言の葉とぞなれりける」という文言にも背くだろう。言葉が立ち上げる世界に心を寄り添わせていった、と見るべきである。だから、ときに虚構的な、物語的な世界をもかいまみせていたし、演技的な身振りを感じさせもする。むしろそれは、心の理想的なあり方を追求した、ということもできるのである。

《引用本文と、主な参考文献》

・『古今集』は、高田祐彦訳注『新版 古今和歌集 現代語訳付き』（角川学芸出版、二〇〇九年）によった。

《発展学習の手引き》

・『古今集』の注釈書では、片桐洋一『古今和歌集全評釈 上・中・下』（講談社、一九九八年）が最新の成果も含め、詳しい。竹岡正夫『古今和歌集全評釈 上・下』（右文書院、一九七六年）は文法や古注の解説が丁寧である。『古今集』時代の表現の論考は数多いが、ひとまず、鈴木日出男『古代和歌の世界』（筑摩書房、一九九九年）と鈴木宏子『『古今和歌集』の創造力』（NHK出版、二〇一八年）が、『古今集』の和歌の世界の成り立ちをわかりやすく示しているものとして勧められる。

5 梨壺の五人の時代

《目標・ポイント》「梨壺の五人」と呼ばれた歌人たちは、九世紀半ばに成立した二番目の勅撰集である『後撰和歌集』の撰者たちであった。彼らはどのような表現意識をもっていたのか。彼らと交流の深かった歌人たちとともに考えてみる。

《キーワード》梨壺の五人、後撰和歌集、源順、大中臣能宣、清原元輔、源重之、曾禰好忠、恵慶

1 源順の和歌世界

＊『万葉集』の訓読と勅撰和歌集編纂の開始

天暦《てんりゃく》五年（九五一）十月の晦日、村上《むらかみ》天皇の内裏の昭陽舎に撰和歌所が設けられ、大中臣能宣《おおなかとみのよしのぶ》・清原元輔《きよはらのもとすけ》・源　順《みなもとのしたごう》・紀時文《きのときぶみ》・坂上望城《さかのうえのもちき》の五人に、『万葉集』の訓読と勅撰和歌集の編纂が命じられた。この命を受けて出来上がったのが、『古今和歌集』に次ぐ二番目の勅撰和歌集、『後撰和歌集』である。『万葉集』は万葉仮名と呼ばれる漢字の表音用法で表記された仮名を含む、漢字ばかりで書かれた書で、この時代すでに読み解くのが困難になっていた。その一方で、『万葉集』を含めた

古歌への関心は高まっていた。この難事業に取り組んだ五人は、その作業を行った昭陽舎が梨壺と呼ばれることから、「梨壺の五人」と呼ばれた。今回は、この五人を中心に、彼らとも関わり深い歌人をも取り上げ、このころ顕著になっていた、和歌史の新しい動きを追跡してみたい。

＊源順の実験

梨壺の五人の中で、もっとも多彩な活動が知られるのが、源順（九一一～九八三）である。百科事典的な性格ももつ漢和辞典、『和名類聚抄《わみょうるいじゅうしょう》』を編集した、博識な学者でもある。漢詩文にも優れていた。漢詩文の名詩・名文集である『本朝文粋《ほんちょうもんずい》』等にも、順作の詩文が数多く収められている。たとえば、『本朝文粋』の「尾無き牛の歌」は、人々のあざけりの対象となっている尾の無い牛に呼びかける、特色あふれる作品である。もとより無尾牛は自画像にほかならない。

和歌の面でも、個性的な試みをしばしば行っている。『源順集』は実験的な歌々の宝庫といってよい。たとえば、あめつち四十八首という一群の歌がある。「あめつちの詞」という、異なる仮名四十八字から成る誦文――いろは歌の一種といってよかろう――が平安時代にあったが、そのすべての字を、歌の冒頭と末尾に据えて読んだものである。「あめつちの詞」は「あめ、つち、ほし、そら、やま、かは、みね、たに…」と続くが、その最初の「あ」であれば、

荒らさじとうち返すらし小山田の苗代水に濡れて作るあ（順集・四）

最初と最後が「あ」となっていて、かつ春の苗代の歌にまとめている。末尾の「あ」は「畔」の意である。和歌ではふつうは用いがたい言葉だが、そうした用語を駆使して、完成させている。た

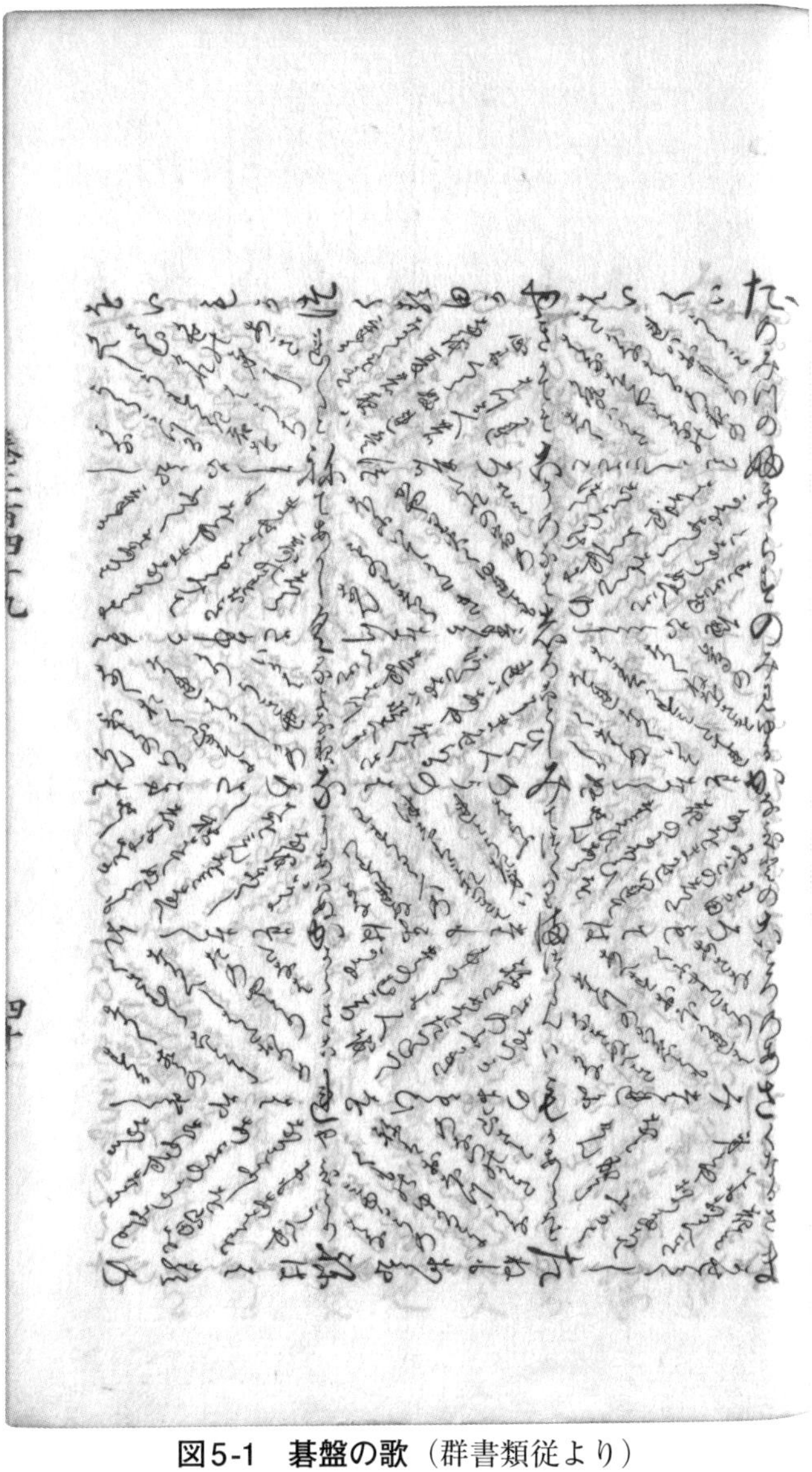

図5-1　碁盤の歌（群書類従より）
宮内庁書陵部所蔵国文学研究室資料館画像提供

とえばラ行の語だと、「ろ」で「艪（ろ）」と「幾尋（いくひろ）」の語を用いるなどしている。

さらに神業のようなテクニックを見せる歌がある。通称「碁盤の歌」である。和歌を縦横それぞれ七首ずつ並べ、なか四字を挟んで、交わるようにする。その交点の文字をすべて共有するように、和歌を作るのである。さらに、三十六のマス目それぞれに和歌を入れるので、総計五十首の和歌を詠むことになる。示すと、前頁の図版ような形になる。

たとえば右端の縦の歌ならば、

田の水のふかからずのみ見ゆるかな人の心の浅くなるさま（順集・六七）

となる。似たような試行を、双六盤の形を模してやってもいる。（次頁）

＊祈りの心を表す歌

言葉にこだわり、言葉からどのように歌の世界が広がるか、言葉が連動する可能性をひろげようと挑み続けたといえるであろう。言葉にこだわるこうした姿勢は、歌の心を深める方向とはまったく異なるように思われるが、実はそうでもない。『源順集』には、次のような詞書が見られる。

応和《おうわ》元年七月十一日に、四つなる女子をうしなひて、おなじ年の八月六日に、又五つなる男子をうしなひて、無常の思ひ、ことにふれておこる。悲しびの涙かわかず、古万葉集の中に沙弥《さみ》満誓《まんせい》がよめる歌の中に、「世の中をなににたとへん」といへる言をとりて、頭に置きてよめる

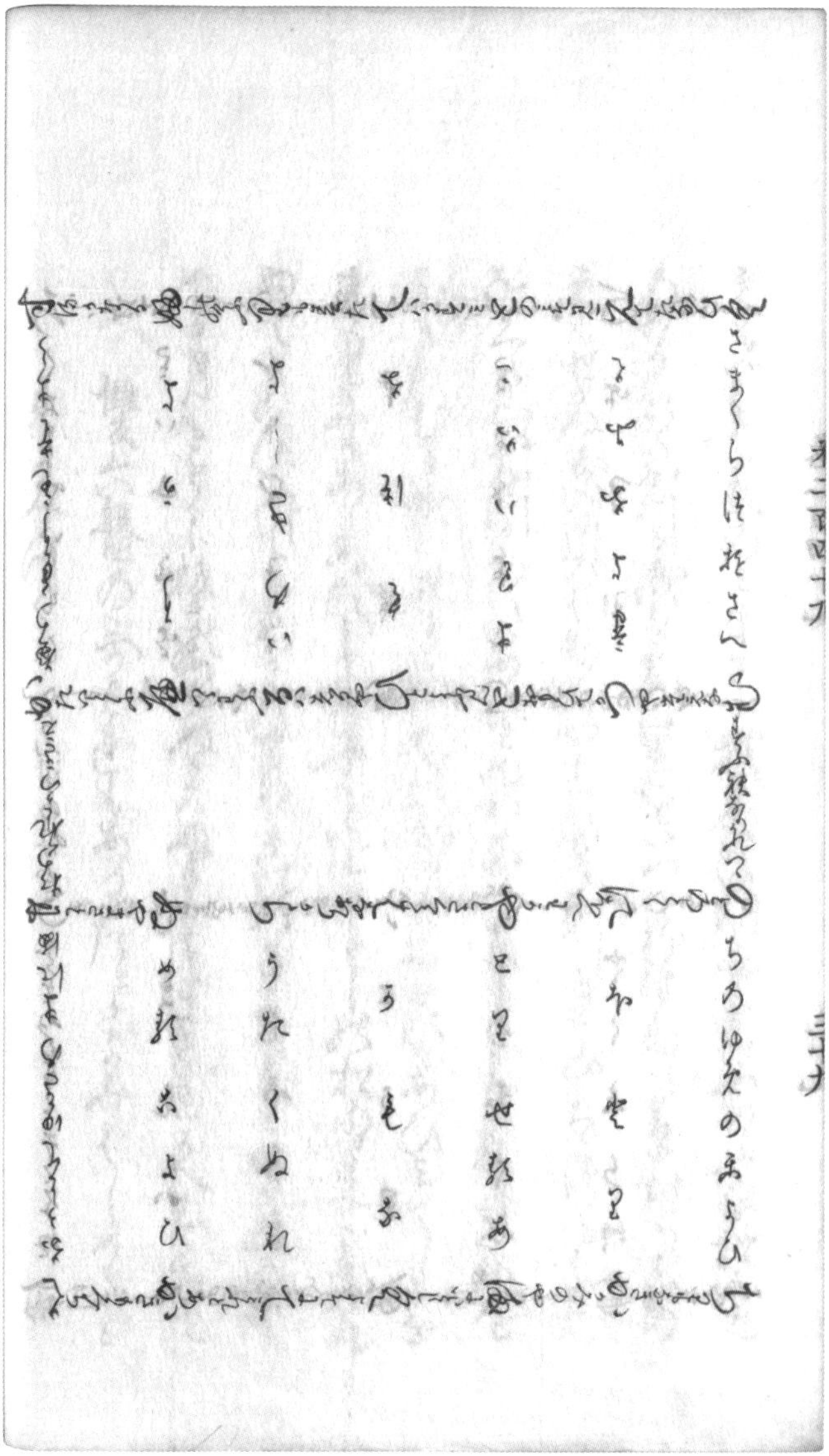

図5-2　双六盤の歌（群書類従より）
宮内庁書陵部所蔵国文学研究室資料館画像提供

歌十首

応和元年（九六一）順五十一歳の時、四歳の女児と五歳の男児に、立て続いて先立たれるという痛ましい事態が起こった。年老いてからの子だから、余計に可愛がっていたことだろう。その時、『万葉集』の沙弥満誓の

世の中をなににたとへむあさぼらけこぎゆく舟の跡の白浪（拾遺集・哀傷・一三二七）

の一首が心に浮んだ。『万葉集』の現在の訓では「よのなかをなににたとへむあさびらきこぎいにしふねのあとなきがごと」（巻三・三五一）と読んでいるが、今は順らが意識していたであろう歌の形に即するために、時代の近い『拾遺和歌集』から引用した。この満誓歌の上二句を用いて、そこに下三句を付ける形で十首を詠んでいる。その中の

世の中を何にたとへん吹く風は行へもしらぬ峰のしら雲（順集・一二三）
世の間《なか》を何にたとへん秋の田をほのかにてらす宵の稲づま（順集・一二五）
世の中を何にたとへん草も木も枯れゆくころの野べの虫のね（順集・一二七）

などの歌は、しみじみとした哀感を流露させていて、祈りの言葉にも見えてくる。『万葉集』を学んだことや、言葉の可能性を広げる努力は、歌の心を深めることにもなっていたのである。

＊公任が評価した順の秀歌

源順はどんな歌を秀歌として認められていただろうか。藤原公任《ふじわらのきんとう》（九六六〜一〇四一）の秀歌撰の『三十六人撰』では、次の三首が選ばれている。

水の面《おも》にてる月なみをかぞふれば今宵ぞ秋のもなかなりける
ちはやぶる賀茂の川霧《き》霧るなかにしるきは摺《す》れる衣なりけり
我が宿の垣根や春をへだつらむ夏来にけりと見ゆる卯の花

最初の「水の面に」は、『拾遺和歌集』や『和漢朗詠集』等、平安時代のさまざまな秀歌撰に軒並み選ばれている、順の代表作である。『拾遺和歌集』の詞書には、「屏風に、八月十五夜、池ある家に人あそびしたる所」とある。屏風歌であり、その絵には、人の家の池のほとりで、八月十五夜の遊宴が描かれていたというのである。この屏風は、天元二年（九七九）に詠まれた、円融《えんゆう》天皇内裏の屏風のための屏風歌である。「月なみ」は、「月次」（月の順序）と「月波」の掛詞である。「月波」は月の映った波のことだろうが、おそらく順の造語ではないかと思われる。先例のない言葉遣いというのは、和歌ではなかなか評価されにくい。しかも内裏での晴の催し事の歌であるだけに、なおさらである。しかし、この歌の中に「月なみ」の掛詞は実にぴったりと当てはまっていて、新鮮な感動を与えただろう。

また「もなか」の語も、和歌では比較的珍しい。まったく用いられていないわけではなくて、

秋の夜、月を見て遊ぶといふ心を

池水のもなかにいでて遊ぶ魚の数さへ見ゆる秋の夜の月（公忠集《きんただ》・一〇）

の一首も存在する。源《みなもとの》公忠（八八九～九四八）は順より二十歳以上先輩だから、この歌の影響を受けたのかもしれない。少なくとも中心の意の「もなか」は、池と縁のある言葉と認識されていた可能性がある。しかし、両首を比べることでかえって、「月なみ」の掛詞と「秋のもなか」とを結びつける発想の斬新さが際立つのである。ちなみに、お菓子の「最中」はここから来ている。

二首目「ちはやぶる」は、康保《こうほう》四年（九六七）正月十一日の源高明《みなもとのたかあきら》の大饗の屏風歌で、賀茂臨時祭を見物している牛車の絵に添えられた和歌。「霧る」は『万葉集』でよく用いられた語で、この時代にはすでに、歌ことばとしては古めかしい印象があったかもしれない。それを「衣」――この場合、臨時祭の舞人の着る青摺りの小忌衣《おみごろも》を指す――の縁語とすることによって、あえて用いたのであろう。残念ながらこの歌は、勅撰集に採られることなく終わったが、前の歌とよく似た方法であることはうかがえるのである。

三首目「我が宿の」の歌もやはり屏風歌で、応和元年（九六一）昌子《しょうし》内親王の裳着《もぎ》に際してのものである。「池水の」と同様、『拾遺和歌集《しゅういわかしゅう》』や『和漢朗詠集《わかんろうえいしゅう》』に選ばれた。初夏を象徴する垣根の卯の花の美しさを、「垣根」の縁語「へだつ」を用いて表している。ただ技巧が用いられているというだけではない。三首ともに、風景を印象的に描き、その美しさを賛嘆するために、縁語・掛詞が効果的に表現に組み入れられているのであった。連動する言葉へのこまやかな意識がうかがわれる。

2　大中臣能宣と清原元輔

＊大中臣能宣

大中臣能宣（九二一～九九一）は、神祇大副《たいふ》であり、祭主として伊勢神宮の社務を司った頼基《よりもと》の子である。能宣自身も祭主として伊勢神宮に仕え、正四位下神祇大副に至った。父頼基も歌人であったし、能宣の子の輔親《すけちか》、その子の伊勢大輔《いせのたいふ》も、著名な歌人となった。すなわち、大中臣家は、「重代」（代々続いた）の歌人の家であった。

大中臣能宣の家集を繙《ひもと》いてみると、大嘗会《だいじょうえ》和歌や屏風歌、歌合などといった公的な場での詠作が目立つ。源順ほど実験性は顕著でないかわりに、温雅な知性によってまとめる力に優れているといえようか。

たとえば『拾遺和歌集』に撰入された、大嘗会和歌を見てみよう。大嘗会とは、天皇の即位の時の節会であるが、この際、悠紀《ゆき》・主基《すき》の二国を定め、それぞれの国から和歌が詠進された。これを大嘗会和歌という。風俗《ふぞく》歌と屏風歌から構成された。

　　　安和《あんな》元年大嘗会風俗　長等《ながら》の山　　大中臣能宣
　君が世の長等の山のかひありとのどけき雲のゐる時ぞ見る（神楽歌・五九八）

安和元年（九六八）冷泉《れいぜい》天皇の大嘗会の時の風俗歌である。「長等山」は悠紀国であった近江国の歌枕。「長等」と「長（し）」を掛け、「かひ」「甲斐」に「峡」を掛けて「山」の縁語とした。のどかに山に雲が落着いている様子に、御代の平安の予兆を見た。技巧を用いつつ、破綻のない詠みぶりである。

天禄《てんろく》元年大嘗会風俗　千世能山　　能宣

ことしより千歳の山は声絶えず君が御世をぞ祈るべらなる（神楽歌・六〇九）

天禄元年（九七〇）円融《えんゆう》天皇の大嘗会の風俗歌で、近江国千世能山《ちよのやま》を詠む。山の名を「千歳の山」と言い換え、天皇の御代が続くことを、千年も声を上げ続けて祈っている、と歌う。山の名を変えただけで、とくにひねった技巧はないが、それゆえ穏やかにまとまった祝の歌になっている。地名を詠み、祝賀の歌に成っていなければならないという制約の中で、破綻なくまとめるのも、一つの才覚であろう。

また、順と同じように、公任の『三十六人撰』で選ばれている三首を挙げると、

千歳までかぎれる松もけふよりは君に引かれてよろづ世やへむ
紅葉せぬ常磐の山に立つ鹿はおのれ鳴きてや秋をしるらむ
昨日までよそに思ひしあやめ草けふわが宿のつまと見るかな

である。一首目「千歳まで」は、『拾遺和歌集』に撰入されている。『能宣集』によれば、二月の子《ね》の日に、宇多天皇皇子の敦実《あつみ》が、子の日の逍遥をしたときに詠んだ歌らしい。つまり「君」とい

うのは、直接には敦実親王を指すことになる。「引かれて」が眼目である。子の日には山野に出て小松を引くのでそのことを言いながら、「あなた様にあやかって」の意味をかけているのである。千歳と定められた松も、親王のおかげで万年生きるだろうと、いかにもめでたくまとめている。

この歌については、藤原清輔《ふじわらのきよすけ》の『袋草紙《ふくろぞうし》』雑談に、興味深いエピソードが伝えられている。

能宣、父頼基に語りて云はく、「先日入道式部卿の御子の日に、宜しき歌仕りて候ふ」と。頼基これを問ふ、「如何」と。能宣曰はく、「「千歳までかぎれる松も今日よりは」世もつて宜しと称す」と云々。頼基暫く詠吟して、傍なる枕をとりて能宣を打ちて云はく、「慮外なり。昇殿して帝王の御子の日有るの時は、何れの歌を詠むべき。あな、わざはひの不覚人かな」と云々。能宣、須臾《しゅゆ》に起立ちて逐電すと云々。

重代の歌の家における、父子の歌の教えの一端が垣間見えて面白い。そういう自負と責任の重みの中に彼らはいたのである。それから歌の評価というものに対する過剰なまでのこだわりも知られる。これもまた、歌人としての意識の強さからくるものなのであろう。

二首目、「紅葉せぬ」も有名な歌で、『拾遺和歌集』（秋・一九〇）に入っている。紅葉することのない常磐の山にいる鹿は、自分が泣くことで秋が来たことを知るのだろうか、と歌うこの歌は、「常磐山」という地名の「常磐」（常緑）という名を生かしている。掛詞の技巧と言って良いだろう。それだけでなく、『古今集』の紀淑望《きのよしもち》の歌、

紅葉せぬ常磐の山は吹く風の音にや秋を聞きわたるらむ（古今集・秋下・二五一）

を換骨奪胎したものである。模倣ではなくて意図的な利用であろう。のちの藤原定家たちが芸術の域にまで高めた本歌取りのような鋭さはないが、しかし本歌取りへと成長する前の段階といえるだろう。これも一つの技巧である。

三首目の「昨日まで」も『拾遺和歌集』（夏・一〇九）入集歌である。軒先の意の「端《つま》」に「妻」を掛けている。五月五日に軒に葺くあやめ草のことを、まるで恋人のように取り成している。無関係の意を表し、恋歌にしばしば用いられる「よそ」の語がうまく利いている。

＊清原元輔

清原元輔（九〇九〜九九〇）は、著名な『古今集』歌人の深養父《ふかやぶ》の孫で、娘には『枕草子』を著した清少納言《せいしょうなごん》がいる。彼も歌人の家柄であった。肥後守として任地に赴任中に客死した。家集『元輔集』には、さまざまな行事や人々との交際の中で詠まれた生活詠を集めた系統のものと、屏風歌のみを集めたものとの二系統がある。このことからもわかるように、貴顕《きけん》の要求に応えて公的行事において和歌を献呈することを表芸とする職人的な歌人であり、その点では、順や能宣と変りはない。

元輔の和歌を詠んでいると、作者の声が響いてくる、という印象をもつことがある。自己主張の強さを感じるのである。たとえば、彼がしばしば詠んだ、述懐の歌などにそれは典型的に表れている。述懐とは、たんに心中の思いを歌うだけでなく、不遇・沈淪を訴えたり、老いを嘆いたりする主題であり、いわば愚痴を演じるのである。このテーマが下級官人である専門的な歌人たちの心を捉えるようになった。

除目《じもく》の朝に、命婦左近《みょうぶさこん》がもとにつかはしける　元輔

年ごとに絶えぬ涙や積もりつついとど深くは身を沈むらん（拾遺集・雑上・四四三）

除目の翌朝に命婦であった左近（未詳）という女房に贈った歌。除目は、官職を任命する儀式。毎年毎年、昇進の希望が叶わず涙は途切れることなく、積もり積もって深い淵になり、私はそこに身を沈めています――と、また今年も希望の任官が叶わなかったと嘆いている。「深く」「沈む」は涙の縁語で、巧みにまとめている。

清慎公《せいしんこう》家にて、池のほとりのさくらの花をよみ侍りける　元輔

さくら花底なる影ぞ惜しまるる沈める人の春と思へば（拾遺集・雑春・一〇四八）

清慎公は藤原実頼《ふじわらのさねより》（九〇〇〜九七〇）のこと。実頼は藤原氏の氏長者をつとめた権力者である。その家の池のほとりの桜を詠んだ。桜の花の宴でも開かれていたのだろう。当然実頼やその屋敷を褒める歌が期待されていたと思われるが、元輔は堂々と自分の沈淪《ちんりん》を詠み込む。底に沈んでいるという点で、桜も私と同じだ、と。自らを卑下することは、相手を称えることと、決して矛盾しないのである。

こんな恋の歌もある。

通ひける女の、こと人に物言ふと聞きていひつかはしける　清原元輔
憂きながらさすがにものの悲しきは今は限りと思ふなりけり（詞花集・恋下・二五六）

あなたに裏切られ、生きるのも嫌になっていますが、それでもやはりこれでお別れ、と思うと悲しくなります、という。公任の『三十六人撰』にも選ばれている。「憂きながら」というところに、述懐を得意とした元輔らしさが垣間見える。あてつけがましささえ感じさせる純情ぶりである。

順《したごう》が子亡くなりて侍りけるころ、問ひにつかはしける　清原元輔
思ひやる子恋《こごい》の森の雫にはよそなる人の袖も濡れけり（拾遺集・哀傷・一三〇三）

源順の子供が亡くなったときの弔問の歌である。先ほど順の項で見た、「世の中は」の十首が詠まれた時のことかと推定される。彼らの交流のさまも推し量れる。

3　同時代の歌人たち

＊源重之

梨壷の五人としては、その他に紀時文・坂上望城の二人がいるが、歌人としてはさほど大きな活躍はしてないので、省略する。彼らは、おそらく重代の歌人ということで指名されたのであろう。代わりに、梨壷の五人と交流のあった、同時代の有力歌人を取り上げよう。

源重之《みなもとのしげゆき》は生没年未詳だが、長保《ちょうほう》年間（九九九～一〇〇四）には七十歳前後で没したかと考えら

れている。

筑紫へ下りける道にて　　　重之

船路には草の枕もむすばねばおきながらこそ夢も見えけれ（拾遺集・別・三四九）

「おき」は「沖」と「起き」の掛詞になっている。船に揺られながらの旅で、なかなか寝付けないままに、輾転反側《てんてんはんそく》し都のことばかり考えてしまうことを言っているのだろう。筑紫の他、陸奥や信濃への旅の歌もあり、彼は旅の歌人と称されたりしている。

また重之の和歌史上の功績として、個人で詠む百首歌を創始した、ということが挙げられる。そこには、述懐を基調とした歌が多く見られる。そんな中で、

松島や雄島の磯にあさりせし海人の袖こそかくは濡れしか（後拾遺集・恋四・八二七）

などの秀歌も生まれた。海人の袖と同じように濡れているという、少々大げさにも受け取られかねない表現も、述懐の精神と基盤を同じくするものだろう。『百人一首』に採られた、

風をいたみ岩うつ波のおのれのみくだけて物を思ふころかな（詞花集・恋上・二一一）

も「重之百首」での作だが、この歌にも同様のものを感じるのである。

＊曾禰好忠

源重之が個人で詠む百首歌を創始したと述べたが、実はもう一人、同じ栄誉を与えられる歌人がいる。曾禰好忠《そねのよしただ》である。好忠は生没年未詳で、閲歴もほとんどわからない。丹後掾に任ぜられたらしい。長保《ちょうほう》五年（一〇〇三）に藤原道長《ふじわらのみちなが》が催した『左大臣家歌合』に参加して以後の事跡が知られないので、これ以後没したかと思われる。享年は八十歳余りであったらしい。

この好忠にも「好忠百首」と呼ばれる百首歌がある。好忠の家集に収められていて、天徳《てんとく》五年（九六一）ごろこれを詠んでいる。そして、この百首に感銘を受けた源順は、これに応じるような百首歌を詠んだ。名のある先輩歌人にそこまでさせた百首であることが知られると同時に、彼らの和歌を媒介としての交流の精神的な深さが想像される。

「好忠百首」では次のような歌が詠まれている。後に勅撰集に採られた形で掲げよう。

山里に葛はひかかる松垣のひまなく秋はものぞ悲しき（新古今集・雑上・一五六九）
久木《ひさぎ》生ふる沢辺の茅原《ちはら》冬くれば雲雀《ひばり》の床ぞあらはれにける（詞花集・一四一）
由良《ゆら》の門をわたる舟人梶を絶えゆくへも知らぬ恋の道かも（新古今集・恋一・一〇七一）

山里や野辺・海辺に取材しそこでの生活を活写しながら、自己の抒情へと引き寄せている。言葉に躍動するような力を感じる。そうした独自の表現は、とくに中世になって高く評価されることになる。

＊恵慶

「好忠百首」に触発されたのは、源順だけではなかった。恵慶《えぎょう》法師の家集『恵慶集』の中にも、「これは世の中に曾禰の好忠といふ人の詠める百《もも》の歌の返し」以下、長い序を持つ百首歌がある。恵慶は生没年未詳で、出自・履歴も未詳の歌人である。正暦《しょうりゃく》元年（九九〇）頃までは生存していた。恵慶の歌で注目したいのは、河原院で詠んだ歌である。

河原院の泉のもとにすずみ侍りて　　恵慶法師
松影の岩井の水をむすびあげて夏なきとしと思ひけるかな（拾遺集・夏・一三一）

河原院にて、荒れたる宿に秋来《く》といふ心を人々よみ侍りけるに　恵慶法師
八重葎しげれる宿の寂しきに人こそ見えね秋は来にけり（拾遺集・秋・一四〇）

河原院にてよみはべりける　　恵慶法師
すだきけん昔の人もなき宿にただ影するは秋の夜の月（後拾遺集・秋上・二五三）

二首目「八重葎」の歌が『百人一首』に入っていることからも察せられるように、河原院で詠まれた歌には秀歌が多い。河原院は、もともとは嵯峨《さが》天皇の子、左大臣源融《みなもとのとおる》が建てた、壮麗にして風情を極めた大邸宅であった。その庭園は陸奥国塩竈の浦を模しており、池水にはわざわざ海水を運ばせたという凝りようであった。融の死後、河原院は縮小衰微していったが、しかし逆にその荒廃した様子に惹かれ、多くの文人・歌人が集うようになり、漢詩文や和歌を生み出す好個の場と

なった。十世紀後半には融の曽孫で、歌人でもあった安法《あんぽう》がその一角に住んだこともあって、安法と親しかった恵慶をはじめ、梨壺の五人や源重之・平兼盛《たいらのかねもり》らの、歌の交流の場となった。栄華を失ったすがれたような場所が、かえって想像力を育て、美意識を解放した。そしてそこには、恵まれない境遇に甘んじる彼らのプライドも託されていたことだろう。

これらの歌には、一本筋が通ったような、滑らかでありながら緊張感のある言葉の運びが見られるが、これは、恵慶の優れた言語感覚を物語っている。

梨壺の五人の周囲には、歌人として自己表現の世界に生きようとする、多くの優れた文学者たちが、言葉の想像力を豊かに育てていたのである。

《引用本文と、主な参考文献》

・勅撰集は『新編国歌大観』第一巻（角川書店、一九八三年）、私家集は同第三巻（角川書店、一九八五年）を使用した。

《発展学習の手引き》

・小町谷照彦校注『新日本古典文学大系 拾遺和歌集』（岩波書店、一九九〇年）、和歌文学大系『三十六歌仙集（二）』（明治書院、二〇一二年）所収の西山秀人校注「順集」および徳原茂実校注「重之集」、増田繁夫『能宣集注釈』（貴重本刊行会、一九九五年）、後藤祥子『元輔集注釈』（貴重本刊行会、一九九四年）、川村晃生・松本真奈美『恵慶集注釈』（貴重本刊行会、二〇〇六年）の注釈と解説はきわめて有益である。

6　王朝の女房歌人たち

《目標・ポイント》 平安文化の最盛期の高揚を生み出した、道長の娘中宮彰子の後宮。そこに仕えた女房たちは、自己の思いを流露させつつ、その場に即した表現を行うことで、後宮の文化を盛り立てていた。和歌という表現を存分に自分たちの表現の武器にしたのだ。

《キーワード》 藤原道長、彰子、赤染衛門、紫式部、和泉式部、伊勢大輔

1　赤染衛門

＊中宮彰子の後宮

十世紀から十一世紀にかけて、王朝文化は最盛期を迎えた。とくに文学の分野でそれを担ったのは、宮廷や後宮、あるいは権門貴族に仕える女房たちであった。摂関政治において、後宮を中心として、女性たちが活躍したことが背景にある。千年も前に、これほど女性が中心となって大きな文化的な実りがあったのは、世界史的に見ても珍しいことだといってよいだろう。その女房たちにとって、和歌は必須の教養であった。公的生活において、和歌を詠むことが必ず求められたからである。和歌は彼らにとって不可欠のコミュニケーションの具でもあった。

平安時代に権力の絶頂を極めた藤原道長《ふじわらのみちなが》の娘である中宮彰子《しょうし》（上東門院《じょうとうもんいん》）の女房であった、赤染衛門《あかぞめえもん》、紫式部《むらさきしきぶ》、和泉式部《いずみしきぶ》に焦点を当て、彼女たちの和歌活動をみよう。

＊『赤染衛門集』に見る赤染衛門の力量

赤染衛門は、生没年未詳だが、長久《ちょうきゅう》二年（一〇四一）まで生存し、このとき八十歳を超えていたかと推測されている。赤染時用《ときもち》の娘であるが、平兼盛《たいらのかねもり》の娘だという伝承が古くからあった。藤原道長の正妻である源倫子《みなもとのりんし》に女房として仕えた。大江匡衡《おおえのまさひら》と結婚し、嫡男挙周《たかちか》を愛育した。家集に『赤染衛門集』がある。一般に個人の家集である私家集は、写本によって異同が甚だしい場合があり、『赤染衛門集』もその例に漏れない。ここでは書陵部本の『赤染衛門集』をもとにした、『新編私家集大成』所収の赤染衛門Ｉから引用する。

津の守まさたか（方隆）の、中将の乳母《めのと》に住みしころ、少納言の乳母を思ひかけて、台盤所《だいばんどころ》を夜更けてたたくを、少納言の乳母の男、すゑのりとなのるを、中将の乳母心や得たりけむ、我も声を変へて問ひて、中将の乳母まさたかにやりしに、代はりて
われは君きみは我ともしらざりき誰と名乗りて誰を問ひしぞ（三四〇）

書陵部本の『赤染衛門集』からは、一場の喜劇が浮んでくる。恋人がいながら浮気しようとした男（方隆）が、女房の詰所を尋ねてきて、その当の恋人（中将乳母）に、浮気相手への取次を頼んでしまった、中将乳母の方も、騒ぎ立てるのではなく、別人の声色を作って応対した、というのである。その後（榊原家本では、翌朝）中将乳母が方隆に事情を明かす歌を送ろうとし、その代作を

赤染衛門に頼んだのであった。痛烈な歌を作ってくれ、と頼んだのであろう。男を厳しく問い詰め

る歌になっている。

　　けぢかうなりて、暁に、男

こくからにしばしとつつむ物ながら鴫《しぎ》の羽《は》がきのつらきけさ哉（一三八）

　　返し

百羽《ももは》がきかくなる鴫の手もたゆくいかなる数をかかむとすらん（一三九）

　　かかる事きこえて、すげなうもてなされてもの嘆かしげにて、女

いかに寝て見えしなるらん暁の夢より後は物をこそ思へ（一四〇）

これらは、

　暁の鴫の羽《はね》がき百羽《ももは》がき君が来ぬ夜は我ぞ数かく（古今集・恋五・七六一・読人不知）

の『古今集』の歌をふまえての贈答である。作者は自分を「女」と書き表し、まるで物語の男女のように扱っている。『赤染衛門集』には代作の歌が散見するが、歌を詠むことで、さまざまな状況を、それなりの物語の一場面に仕立て上げてしまう、彼女の力量を感じるのである。

帥殿《そちどの》（藤原伊周《ふじわらのこれちか》、中宮定子《ていし》兄）に親しき人のゆかりしは、え参るまじとなんあると聞きし

かば、里にある春、上の御前（倫子《りんし》）の仰せ事にて、花の盛りなるを見せまほしくなんあると仰せられたりしにまゐらせたる

もろともに見る世もありし花桜人づてに聞く春ぞかなしき（赤染衛門集・一三〇）

さて参りたれば、庭につもりたるをかきあつめて、雪まゐらせむとて入れたりしに

雪をこそ花とは見しかうちかへし花も雪かと見ゆる春かな（一三一）

左遷された伊周らと親しいと見られた赤染衛門は、出仕をとどめられた。背後には、かなりやっかいな事情が絡んでいる。そしてそこから生じた精一杯の不満と皮肉を込めているのだろう。しかし歌だけ見れば、それらの不満は抑制されて、しごく穏当な嘆きに昇華されている。花見に誘われなかったことを恨むという、みやびな表現の中に、個人的な事情は吸収させている。こういう力量が買われていたのであろう。

2　紫式部

＊紫式部の身と心

身を思はずなりと嘆くことの、やうやうなのめに、ひたぶるのさまなるを思ひける

数ならぬ心に身をばまかせねど身にしたがふは心なりけり（五四）

人生が思った通りにならないという嘆き、などという言葉では次第に表しきれなくなってきた自分の状況を詠んだ、ということだろうか。内容を概括してしまえば、自分を押し殺して、社会に合わせて処世につとめてしまう、ということにすぎない。たとえば和泉式部のような奔放さ、自由さを自分はもてない、とでもいうような諦めを述べたもの、ということになる。ただし、自由を求める心の強さは良く伝わる。それは生命力とさえ言いたくなるほどだ。歌全体から、妙になまめかしい響きが感じられるからである。文体のせいなのだろう。「身」がまるで恋の相手であるかのような言い方をしているのである。現実に即して生きざるをえないことの切なさが、恋の切なさと重ね合わされて、伝わってくる。自分の状況に従ってしまう「心」の働きさえも、自分の思い通りにはならないものだ、と言ってさえいるようだ。ただ現実に敗北した、というのではない。敗北感さえ、あふれ出ていく自分の心を表す、彼女の表現者としての武器なのだ。

心だにいかなる身にかかなふらむ思ひしれども思ひしられず（五五）

こちらの歌は、さらに現実に閉じこもってはいられない心の暴走が、伝わってくる。その「心」も、恋心と見まごうばかりだ。身の程知らずの恋だとどんなに言い聞かせても、この思いは静まらない、とでも嘆いているかのような文体なのである。収まらぬ心の躍動を、巧みな文体で表し、共感を誘おうという試みなのだろう。

はじめて内裏わたりを見るにも、もののあはれなれば

身のうさは心のうちにしたひ来ていまここのへぞ思ひ乱るる（五六）

「身の憂さ」は「以前から嫌っていた女房としての生活をせざるを得なくなったこと」（増田繁夫二〇一四）という意見もある。ただ「（こんなところにまで）慕ひ来て」というニュアンスに注目して、歌だけをみるならば、この歌は、「身の憂さ」を擬人化するなどというところが、意外にユーモラスな響きもある。「慕ひ来る」には、自虐的な自画像を滑り込ませているのではないだろうか。宮中などというところまでのこのこやってきたために、あれこれ悩むことになってしまった、というような。それは逆に宮中の素晴らしさを強調することにもなるだろう。

身と心の分裂と葛藤は、自意識に苛まれ、生きることに伴う苦しみを率直に歌っているように見える。もちろんそういう面はあるにしても、強く他者が意識されているように思われる。語りかける力をもつ言葉なのである。

正月十日のほどに、春の歌たてまつれとありければ、まだ出で立ちもせぬ隠れ家にて
み吉野は春のけしきにかすめどもむすぼほれたる雪の下草（五九）

かばかり思ひうじぬべき身を、いといたうも上衆《じょうず》めくかなといひける人を聞きて
わりなしや人こそ人といはざらめみづから身をや思ひ捨つべき（六二）

他人の悪口など気にしないで、自分を大切にしたいと言っていることになるが、それだけ人のこ

とを気に掛けている証しでもある。他者が表現の契機になっているのである。

＊法華三十講での述懐

藤原道長邸の法華三十講は、寛弘《かんこう》五年（一〇〇八）四月二十三日から五月二十三日まで行われた。

土御門殿《つちみかど》にて、三十講の五巻、五月五日にあたれりしに
妙《たえ》なりや今日は五月の五日とて五つの巻の合へる御法《みのり》も（六五）

その夜、池の篝火に、御燈明《みあかし》の光り合ひて、昼よりも底までさやかなるに、菖蒲《そうぶ》の香、いまめかしう匂ひくれば
かがり火の影もさわがぬ池水に幾千代すまむ法の光ぞ（六六）

おほやけごとに言ひまぎらはすを、向かひたまへる人は、さしも思ふことものしたまふまじきかたち、ありさま、齢のほどを、いたう心深げに思ひ乱れて
澄める池の底まで照らす篝火のまばゆきまでもうきわが身かな（六七）

古本系の家集に付載された「日記歌」にも六七番の歌は見えているが、そこでは「おほやけごとにいいまぎらはすを、大納言の君」という詞書がある。大納言の君とは、源扶義《みなもとのすけよし》の娘の、廉子《れんし》。倫子の姪。彼女は彰子付き女房の中でも最上ランクにいた。美貌も備えていたことは、『紫式部日記』からも確認出来る。

大納言の君は、いとささやかに、小さしといふべきかたなる人の、白ううつくしげに、つぶつぶと肥えたるが、うはべはいとそびやかに、髪、丈に三寸ばかりあまりたる裾つき、かんざしなどぞ、すべて似るものなく、こまかにうつくしき。顔もいとらうらうじく、もてなしなど、らうたげになよびかなり。

しかしそんな彼女が、こんな華やかなイベントの中、深刻な悩みを抱えていることを吐露する。「まばゆきまでも」という言葉が二重の働きをしていることに注意したい。まぶしいほど立派な光景が、正視に堪えない自分の惨状へと、くるりと反転する。華々しさを極めているからこそ、自分の惨めさがますます自覚されるのである。実はこういう心情のありかたは、紫式部の得意とするところでもあった。「紫式部はたしかに期待に応じて主家繁栄の顕彰録をものしたのであった。…しかしながらそのように讃歎する自己に対して、あたかも本能的ともいうべく、つねに冷厳にこれを凝視する第二の自己を設定し固執しないではいられなかったのである。」（秋山虔『源氏物語の世界』（東京大学出版会、一九六四）二七六頁）。逆に言えば、栄華のさまと自己凝視とを往還するような精神は、彼女一人のものではなく、他にも見られたことになる。むしろ彼女一人ではなかったからこそ、それに鼓舞されて、紫式部はそのような精神を育てることができたのではないか。

大納言の君だけではない。紫式部ともっとも仲が良かったと見られる、小少将《こ》という女房とのやりとりにもそれは見られる。

やうやう明けゆくほどに、渡殿《わたどの》に来て、局の下より出づる水を、高欄《こうらん》をおさへて、しばし見ゐたれば、空のけしき、春・秋の霞にも霧にも劣らぬころほひなり、小少将のすみの格子をうち叩きたれば、放ちて押し下ろしたまへり、もろともに降り居てながめゐたり

影見ても憂きわが涙落ち添ひてかごとがましき滝の音かな（六八）

返し

ひとり居て涙ぐみける水の面にうき添はるらん影やいづれぞ（六九）

なべて世のうき（憂き・泥）になかるる（泣かるる・流るる）あやめ草今日までかかるね（音・根）はいかがみる（七〇）

返し

何事とあやめ（菖蒲・文目）は分かで今日もなほ袂にあまるね（根・音）こそ絶えせね（七一）

こうしてみると、憂愁に囚われた作品の中の作者像を、そのまま現実の紫式部とただちに等号で結ぶことに躊躇せざるをえなくなる。彼女は、女房としてさまざまに演じる必要もあったろう。憂いに満ちた姿こそ、彼女が得意とした姿ではなかったか。そうして、ある種の人々の心を代表し、つかんだのではないか。福家俊幸氏は、『紫式部日記』の記録的記述と憂愁の記述とが並存する独特な文章に対して、「輝かしい栄華の世界と、そこに関われない身のほど（女房）である内的苦悩を暗に対比することで、己を謙退し、反対に主家を高めている、と見なすべきではないか」と言う。

紫式部が宮仕え生活の中で、どのように和歌を詠んだかをうかがわせる、面白い例があるので紹介しよう。

かひ沼の池といふ所なんあると、人のあやしき歌語りするを聞きて、心みに詠まむといふ
世に経るになぞかひ沼のいけらじと思ひぞしづむそこはしらねど（九七）
又、心ちよげにいひなさんとて
心ゆく水のけしきは今日ぞ見るこや世に経つるかひ沼の池（九八）

「かひ沼」は、少なくとも和歌では他に用例を見いだしがたい地名である。詞書は、当時も知られていなかったことを物語る。したがって、歌枕とは呼べない。「あやしげな歌語り」というとおり、定かでない地名を歌った和歌の話を持ち出されて、紫式部は、それならその地名にふさわしい和歌を作ってみよう、ということになったのではないだろうか。しかも、「生きがいがない」という述懐的な内容と、「生きがいを感じる」という祝賀的な内容の、対極的な二種類の歌を詠み分けたのである。述懐はたしかに紫式部の持ち味ではあるだろう。しかしそれは必ずしも紫式部の内面とイコールではない。彼女らは演技している。求められた条件に合わせて歌を詠めるのが、むしろ彼女らの誇りなのであろう。場というものの中で、場を最大限に意識して活動していた女房のあり方を、和歌作品においても顧慮しなければならない。

3　和泉式部

＊和泉式部と伊勢大輔

この時代最大の歌人といってよい和泉式部もまた、中宮彰子に仕えた女房であった。和泉式部は、大江雅致《おおえのまさむね》の娘である。生没年未詳だが、おおよそ九七〇年代の後半の生まれと推測される。和泉守

橘道貞《たちばなのみちさだ》と結婚して、娘の小式部《こしきぶ》内侍を設けた。長保五年（一〇〇三）四月に敦道《あつみち》親王との恋愛が始まり、この間の経緯は『和泉式部日記』に語られている。道貞との結婚生活は破局し、父から勘当されたが、敦道親王は、寛弘《かんこう》四年（一〇〇七）に死去した。出仕したのは、その寛弘五年の末から翌年の初めにかけてのことらしい。寛弘五年といえば、前節で述べたように、彰子が待望の男子を出産した年である。その初出仕の日の、伊勢大輔《いせのたいふ》との歌のやりとりが、『和泉式部集』と『伊勢大輔集』の双方に残っている。ここでは、より詳しく事情が語られている、『伊勢大輔集』から引用してみよう。

和泉式部、院に初めて参りたりしに、「物言へ」と仰せられしに、「はずかしき人にこそさぶらふなれ、いかでか」など申ししかども、夜もすがら物言ひ明かして、つとめて御前におこせたりし

思はむと思ひし人と思ひしに思ひしごとも思ほゆるかな（伊勢大輔集・八五）

とぞある。御物忌みにて、御はらからの君達あまたさぶらひたまひて、「いとをかしきことにこそ」とて、「返事せよ」などありしも、わりなき心ちして

君を我思はざりせば我を君思はむとしも思はざらまし（同・八六）

伊勢大輔は、大中臣輔親《おおなかとみのすけちか》の娘で、頼基《よりもと》・能宣《よしのぶ》・輔親と続く歌の家の出身の女房歌人である。娘にはこれも著名な歌人の、康資王母《やすすけおうの》がいる。伊勢大輔の生没年は未詳だが、寛弘三、四年ごろに彰子のもとに出仕したらしく、この時彼女は二十歳ぐらいだったのではないか、という推定もある。

だとすれば和泉式部よりは一世代若く、しかし彰子の女房としては彼女より十二年先輩、ということになる。その和泉式部の、院すなわち上東門院（彰子の女院号）への初出仕の日、伊勢大輔は彼女の相手役を務めることになった。歌人同士、ということで命じられたのだろう。「あんな立派な歌人の方のお相手などとても」と尻込みしたりしていたのだが、たしかに二人は意気投合したようだ。一晩中語り明かした翌朝、彰子のもとに伺候していた伊勢大輔のもとに、和泉式部から歌が届けられた。仲良しになりたい人と前から思っていたけれど、そう思っていたとおりの人でした、という歌である。「思ふ」という語をわざと五回も繰り返して用いている。誹諧歌《はいかいか》（卑俗・滑稽を宗とする歌）的である。それだけ親しみを示しているわけだが、一方でこの歌にどう返事をしてくれるかしら、といった挑戦的なところもある。彰子のもとに、しかも彰子の兄弟が集まっているところにわざわざ届けさせたところを見ても、さあ、みんなの前で答えてみせて、という気持ちがあったと推測される。実際兄弟たちからも、面白い歌だ、返事をしなさい、という声が上がっている。窮した挙句伊勢大輔は、私があなたに好意を持ったからこそ、あなたは私に好意を寄せてくれたのでしょう、と返した。やはり「思ふ」を繰り返すことで切り返した。見事と喝采を浴びたことだろう。こうしてみると、歌人は衆人環視の場で、即興的な多様の受け答え能力が問われるところがあり、現代でいえば、その場の盛り上げ役となるタレントや芸人的な存在でもあることがわかる。

＊紫式部の批評

『紫式部日記』に見られる和泉式部に対する評価は、とても有名である。

和泉式部といふ人、おもしろう書きかはしける。されど、和泉はけしからぬかたこそあれ、うちとけて文走り書きたるに、その方の才ある人、はかない言葉のにほひも見えはべるめり。歌は、いとをかしきこと。ものおぼえ、歌の理、まことの歌よみざまにこそはべらざめれ、口にまかせたることどもに、かならずをかしきひと節の、目にとまる詠み添へはべり。それだに、人の詠みたらむ歌、難じことわりいたらむは、いでやさまで心は得じ、口にいと歌の詠まるるなりとぞ、見えたるすぢに侍るかし。恥づかしげの歌詠みやとはおぼえはべらず。

手紙のやりとりのうまさを褒め、気楽な走り書きなどにも、才能の一端が見えると評価している。和歌については、知識や理論はさほどないので、人の歌の批評などはそれほど大したことはなく、自然に言葉が湧いてくる感じがするが、立派な歌人とは思えない、と批評している。否定的な言い方をかなり挟みながらも、むしろそれだけに、和泉式部の天性の才能のすごさを認めているさまが読み取られる。それはやはり、即興的に表現を繰り出す能力にたけ、場を盛り上げ活性化する能力に富んだ和泉式部に対する、嫉妬に近い思いではなかったであろうか。

《引用本文と、主な参考文献》

・私家集の引用は、とくに断らない限り『新編国歌大観』第三巻（角川書店、一九八五年）によった。『紫式部日記』は新編日本古典文学全集『和泉式部日記　紫式部日記　更級日記　讃岐典侍日記』（小学館、一九九四年）によった。

《発展学習の手引き》

・関根慶子ほか『赤染衛門集全釈』（風間書房、一九八六）、和歌文学大系20『賀茂保憲女集・赤染衛門集・清少納言集・紫式部集・藤三位集』（明治書院、二〇〇〇）、久保木哲夫『伊勢大輔集注釈』（貴重本刊行会、一九九二年）などの注釈のほか、福家俊幸『紫式部日記の表現世界と方法』（武蔵野署員、二〇〇六年）、増田繁夫『評伝 紫式部 世俗執着と出家願望』（和泉書院、二〇一四年）、同『冥き途―評伝和泉式部―』（世界思想社、一九八七年）、服藤早苗『藤原彰子』（吉川弘文館、二〇一九）等が参考になる。

7 堀河天皇の時代

《目標・ポイント》 院政期の前半、和歌は大きく変貌しようとしていた。堀河天皇の時代はその中心となっている。たとえば『堀河百首』は中世和歌のさきがけとなる重要な催しであった。この時代を代表する歌人は、源俊頼と藤原基俊である。

《キーワード》 堀河天皇、堀河百首、題、堀河院艶書合、源俊頼、藤原基俊

1 『堀河百首』という金字塔

＊院政期の開始

四百年近く続いた平安時代も、終わり百年のころは、院政期と呼ぶことが多い。院政は、応徳《おうとく》三年（一〇八六）、堀河《ほりかわ》天皇に譲位した白河《しらかわ》上皇が、太上天皇（院）として国政を司るようになって、本格化した。政治の世界にとどまらず、これまでとはさまざまな分野で異なった様相を見せてくる。平安時代（古代後期）と中世との過渡期といってよい。和歌も大きな転換を迎えることになる。新しい傾向がはっきりと表れてきたのである。とくにそれは、堀河天皇の時代に顕著である。

＊『堀河百首』という壮挙

堀河天皇（一〇七九〜一一〇七）は白河天皇の第二皇子で、その跡を継いで、第七十三代の天皇となった。二十九歳で早世したが、在位は二十一年に及んだ。院政を行った白河上皇のもと、堀河天皇には政治の実権はなかった。しかしその分、和歌や管絃を愛し、歌会や遊宴をしばしば催した。その堀河天皇の主催した行事で最大のものが、『堀河百首』である。この百首は、大げさに言えば、和歌の歴史を変えてしまった。和歌の歴史が、平安時代から中世へと移行したことを示す、その最初の記念碑といってもよい。どんな行事だったのだろうか。

『堀河百首』（「堀河院御時百首和歌」「堀河院百首和歌」なども呼ばれる）を、最終的に完成した形態から言えば次のようになる。十六人の歌人が、堀河天皇に献上するために各自百首の和歌を詠み、これら千六百首の作品をまとめたもの、と。百首はすべて題のもとに詠んだ題詠の歌で、百題百首ということになる。また部立ても設けられていて、春二十首、夏十五首、秋二十首、冬十五首、恋十首、雑二十首となっている。勅撰集の構成を簡略にした部立てであり、百の題も主な和歌の題材を網羅しており、新作だけから成る勅撰集的世界を作ろうという試みという言い方もできる。十六人の歌人とは、藤原公実《ふじわらのきんざね》・大江匡房《おおえのまさふさ》・源国信《みなもとのくにざね》・源師頼《みなもとのもろより》・藤原顕季《ふじわらのあきすえ》・源顕仲《みなもとのあきなか》・藤原仲実《ふじわらのなかざね》・源俊頼《みなもとのとしより》・源師時《みなもとのもろとき》・藤原顕仲《ふじわらのあきなか》・藤原基俊《ふじわらのもととし》・永縁《ようえん》・隆源《りゅうげん》・肥後《ひご》・紀伊《きい》・河内《こうち》である。

実は完成形態に至るまでには、入り組んだ経緯があったようである。実際には堀河天皇が最初から命じたのではなく、源俊頼《みなもとのとしより》がこの形式を発案して自ら詠み、周囲の歌人たちに詠むように勧め、やがて、歌界・政界の有力者たちの後援を得て、堀河天皇の下命によるという形式が整えられた、とする考えが有力である。源俊頼（一〇五五？〜一一二九）は、経信《つねのぶ》の三男。子に歌人の俊恵《しゅんえ》がいる。五番目の勅撰集である『金葉和歌集』の撰者であり、初の本格的歌学書『俊頼髄脳《としよりずいのう》』を著した。

院政期を代表する歌人といっても過言ではない。家集に『散木奇歌集《さんぼくきかしゅう》』がある。百題百首という創意あふれる新形式を案出するのは、やはりこのように傑出した個性をもつ俊頼のような人がふさわしいといえそうである。一方で俊頼ではなく、藤原公実が企画したという説もある。いずれにしても堀河天皇に奏覧（完成したものを天皇に献上して御覧に入れること）したのは、源顕仲・永縁を除く十四人の歌人の百首を集め、題ごとに編集し直したもの（十四人本）であった。それ故この十四人本の伝本も少なからず存在している。二歌人の百首は奏覧後に追加された。

＊「桜」の題の歌から

①山桜千々《ちぢ》に心のくだくるは散る花ごとに添ふにやあるらん（大江匡房、千載集）
②木のもとの苔の緑も見えぬまで八重散りしける山桜かな（源師頼、新古今集）
③桜花にほふにつけて物ぞ思ふ風の心のうしろめたさに（藤原顕季、新後拾遺集）
④花の散る木の下陰はおのづから染めぬ桜の衣をぞ着る（藤原仲実、千載集）
⑤桜花咲きぬる時はみ吉野の山の峡《かい》より浪ぞ越えける（源俊頼、新後拾遺集）
⑥高砂の麓の里は冴えなくに尾の上《え》の桜雪とこそ降れ（藤原顕仲、新勅撰集）
⑦春過ぐと花散らましや奥山の風を桜の心と思はば（藤原基俊、千載集）

後の勅撰集に採られた七首のみを挙げてみた。これらだけでもおおまかな表現の傾向はうかがえると思われ、なによりどのような達成が得られたかを知ることができる。
①落花に心が粉々になるほど乱れるのは、散っていく花に心惹かれて、それぞれに寄り添ってし

まうからか、という。心が「砕ける」様子を、散る花片によそえているのだが、単にたとえているだけではなく、散りゆく花びら一つ一つに心を寄り添えていくかのように表現して、花を思って乱れる心を可視化してもいる。大江匡房（一〇四一～一一一一）は、学問の家大江家に生まれ、漢学・漢詩文に傑出した才能を発揮しただけでなく、和歌もすぐれていた。正二位権中納言にまで至ったが、当時の儒者としては異例の出世であった。歴史物語『今鏡』には、『堀河百首』の歌題は匡房が設定したと記されている。家集に『江帥集《ごうのそちしゅう》』がある。

②は、緑の苔に根もとを覆われた桜。その根もとは幾重にも散り敷いた桜の花びらで埋め尽くされ、風景を一変させた。鮮やかな色の対照が見られたのは、まだ散らぬ満開の時。つまりここには、咲いた時から今まで、桜をずっと見つめてきた作者の時間が折りたたまれている。加えて、散ったことによって、八重桜でない桜も八重桜になった、という機知も含まれているだろう。源師頼（一〇六八～一一三九）は、源俊房《みなもとのとしふさ》の息子で、橘俊綱《たちばなのとしつな》の養子となった。後述する『堀河院艶書合』にも参加するなど、堀河天皇内裏歌壇で活躍した。

③は美しく照り映える桜を見ると、心配になってしまう、風に惚れ込まれて連れ去られてしまうのではないか、と思って。せっかくの花盛りだのにと、かえって心乱れ、落着いて味わうこともしかねる。美しさが悩みの種だという意表をつく言い方で花への愛惜の深さをしのばせる。藤原顕季（一〇五五～一一二三）は受領《ずりょう》の家に生まれながら、白河院に信任されて、大きな権力と財力をそなえるに至った、院政期を象徴するような人物である。和歌に優れ、歌道家六条家の祖となった。家集に『六条修理大夫集《しゅりのだいぶ》』がある。

④は、散る花の木蔭では、人の手で染めたのではない、桜襲《さくらがさね》の衣を自然と着ることになる、と

歌う。藤原公任の、

あさまだき嵐の山の寒ければ紅葉の錦着ぬ人ぞなき（拾遺集・秋・二一〇）

の歌で著名な発想を、花の歌に応用したのである。ただし、仲実の歌はわが身にしみこむまで花に心奪われたことが含意されている。藤原仲実（一〇五七～一一一八）は、多くの歌合などに参加し、また自ら主催することもあった。晩年は歌界の指導者的役割も果たした。歌学書に『綺語抄《きごしょう》』がある。家集はあったらしいが、現存しない。

⑤の俊頼の歌は、

桜花咲きにけらしなあしひきの山の峡より見ゆる白雲（古今集・春上・五九・紀貫之《きのつらゆき》）

を下敷きにしている。貫之の歌では、花を山になじみのある白雲に見立てていたのだが、こちらは波に見立てている。散る桜のイメージなのだろう。波が山を越えるという、大胆な発想である。あり得ないことを表す「末の松山を浪が越える」（『古今集』一〇九三番歌）ということへの連想をも誘っている。つまりあり得ないほどの美しさだというニュアンスを加えているのである。

⑥は、花を雪に見立てる伝統的な発想だが、

桜散る木《こ》の下風は寒からで空に知られぬ雪ぞ降りける（拾遺集・春・六四・紀貫之）

に学びつつ、この構図を高砂の麓と山頂にシフトして、空間的に拡大している。高い山に降る雪、というイメージを持たせることによって、この使い古された見立てに、スケールの大きさと現実感とをともに与えようとしている。藤原顕仲（一〇五九～一一二九）は、父資仲《すけなか》も歌人。多くの歌合に参加した。『金葉和歌集』への批判として「良玉集」という歌集を編んだといわれるが、散逸した。

⑦は解釈がやや難しいが、奥山にはいつも変わらず無情に風が吹いている。花の心がそういうつれなく変わらないものだったら、春が過ぎたといって花が散ることもなかっただろう、という趣旨だろう。「ましや」というのは、反実仮想に反語を加えた表現である。また、風と花の心を同一視するなど、従来の捉え方を反転させるような発想の大胆さが際立っている。。藤原基俊（一〇五六？～一一四二）は、多くの歌合の判者を務めるなど、俊頼とともにこの時代を代表する歌人である。漢詩も得意とし、『新撰朗詠集《しんせんろうえい》』を編纂した。家集に『基俊集』がある。

①～⑦の歌から垣間見えるのは、題となった景物や観念に対して、それをどう表そうかという各自の工夫の凝らし方である。旧来の発想を意識しながら、これを転換したりひっくり返したりしつつ、一首の表現が題を焦点とするように構成されている。それによって、一首としてのまとまり、すなわち完成度が追求されている。場や折といった個別の事情に左右されない、表現としての自立性を積極的に求めている。おのずと、和歌という文芸の、表現をめぐる様式意識が精密になってくることになる。この点に中世のさきがけとなったものを認めたい。中世の和歌は、様式があらゆる面で重視され、様式意識の育成が大きな課題となった時代だからである。

2　堀河院艶書合という試み

＊ラブレターを交換する演技

もう一つ、堀河天皇の内裏で行われた、興味深い和歌行事を取り上げよう。『堀河院艶書合《けそうぶみあわせ》』である。「艶書」すなわちラブレターとなる和歌を競い合う、というのである。この行事は、『堀河百首』より早く、康和《こうわ》四年（一一〇二）閏《うるう》五月二日、および七日の二日間にわたって催された。男方と女方の二グループに分かれ、二日の方は男から女へ求愛の歌を贈り、それに対して女が返歌し、七日は逆に、女から男へ恨みの歌を贈り、男が返歌する、という手順を踏んだ。内裏という場で、虚構の恋歌のやりとりが行われたのである。恋歌の贈答を歌合の左右の番《つがい》と見なしており、歌合の一種と認められるが、それにしてもかなり特殊な形式である。宮廷の中に、一体感とでもいうべき親密さがなければ、このような試みは不可能だろう。両日ともに十組のやりとりがあり、総計四十首の恋歌が詠まれた。参加した歌人のうち、藤原公実・源国信・源顕仲・源俊頼・源師時・源師頼・藤原顕季・肥後・紀伊・安芸《あき》と、半数が『堀河百首』作者と重なっている。そのほか、周防内侍《すおうないし》や筑前《ちくぜん》（康資王母《やすすけおうのはは》の名で知られる）などの著名歌人が加わっている。

＊『堀河院艶書合』を読む

まず冒頭から見てみよう。

内にて、殿上の人々歌よむと聞こゆるに、宮仕へ人のもとに、懸想《けそう》の歌詠みてやれと仰せごとにて

と経緯を示す一文が示された後、公実の歌から始まる。藤原公実（一〇五三〜一一〇七）は、堀河

天皇女御苡子《いし》を妹にもつ有力貴族で、歌人としてもすぐれていた。『堀河百首』を勧進したという説もあるほどで、少なくともこの百首に深く関わったことは確かである。

大納言公実

思ひあまりいかでもらさん奥山の岩かきこむる谷の下水（一、金葉集・恋上・三八二）

返し

周防内侍

いかなれば音にのみきく山川の浅きにしもはこころよすらん（二）

奥山の垣根のような岩に囲まれ、ひっそりと流れる谷川の水によそえて、恋心を打ち明けている。「水」にまつわって秘した思いを示す表し方が巧みで、その縁語「もらす」がとても有効に働いている。さて、対する周防内侍は、この時すでに六十歳代かと想像される、練達の女房歌人である。この時代を代表する歌人といってよい。これにどう答えたか。川音ばかりうるさい山の川は浅いに決まっています、と相手の心を浅いと取りなしたのであった。「音」は噂の意であろう。さすがの力量である。

次の藤原俊忠（一〇七三～一一二三）は、まだ三十歳と若手だが、すでに白河院・堀河天皇の歌会で活躍するなど、気鋭の歌人である。俊成の父であり、定家の祖父にあたる、歌の家御子左家《みこひだりけ》の歌人であった。その定家が選んだ『百人一首』にかかわるやり取りがこれである。

藤原俊忠

人しれぬ思ひありその浜風に波のよるこそいはまほしけれ

「ありそ」は「荒磯」と「有り」の掛詞で、「よる」は「寄る」と「夜」の掛詞。人知れずあなたを恋しています。夜に二人きりでお話ししたいのです、と、技巧を尽くして、しかもなかなか大胆にプロポーズした。これがあの有名な歌を引き出した。

返し　　　　　　　　　　　　紀伊

音に聞く高師の浜のあだ波はかけじや袖の濡れもこそすれ

「高師」という地名に、「高し」が掛けてある。相手が出してきた「波」を捕まえて、それを「浮気っぽいと噂に高いあだ波」と切り返したのである。そしてさらにその波で袖を濡らしたくない、つまり泣きを見るのはご免だ、と続けたのである。「かけじや」のところに句切れがある。このように句の途中に句切れがあるのを句割れというが、これがあると、独特のリズムが生まれ、直前の語が強調される。いかにもぴしゃりと浮気な求愛をはねつけた、という趣が生じる。と同時に、あなたが本気なら、私も本気で答えるわよ、というような艶然とした雰囲気も備えている。たしかに名歌である。紀伊は、『堀河百首』にも参加していた有力歌人で、祐子内親王《ゆうしないしんのう》に仕えたので、祐子内親王家紀伊と呼ばれる。すでに五十年以上の歌歴をもつ大ベテランであった。

さて今度は、七日に行われた、女性から始まるやりとりを見てみよう。女性から恋の歌を贈るのは、通常ではない。すでに男女の関係にある間柄で、男が冷たくなったので、女が恨みの歌を贈った、という設定になっている。まずは、『堀河百首』の作者でもある肥後から始めよう。肥後は、藤原定成《ふじわらのさだなり》の娘で、一条朝の歌人として有名な藤原実方《ふじわらのさねかた》の曽孫にあたる有力歌人である。

思ひやれ問はで程ふる五月雨に独り宿もる袖の雫を

肥後君

五月雨に材をとっている。この催しは五月に行われたので、その時節に合わせたのだろう。小さなことだが、心憎い配慮である。「もる」は「漏る」と「守る」の掛詞。あなたが訪れなくなって久しくなり、私の家も荒れ果て、一人ぼっちでいる私の袖に五月雨のしずくが漏れてきて、私の袖を濡らす。そのように私の袖は涙でぐっしょり濡れている。そんな私の悲しみを思いやってください、と訴えている。五月雨を使って、実に豊かな内容を盛り込んでいる。

返し

世とともにさてのみこそは過ぐししか思ひしりぬや袖の雫を

中納言

返歌をした中納言は、源国信のこと。源国信（一〇六九～一一一一）は、村上源氏で六条右大臣と呼ばれた顕房《あきふさ》の息子。『堀河百首』にも参加していたし、推進役だったともいわれている。堀河天皇の内裏において中心的役割を担った歌人といってよい。「世」は「夜」を掛けているのだろう。長い間孤独な夜をずっと過ごしてきたのは私の方だ、私の気持ちがわかったろうといっている。ちょっと通り一遍で、反撃する力に乏しいようだ。肥後の勝ちといったところか。

次は四条宮甲斐《かい》の歌。甲斐は四条宮（藤原頼通《ふじわらのよりみち》の女で、後冷泉《ごれいぜい》天皇皇后だった寛子《かんし》）に仕えた女房である。

四条宮甲斐

うきながら人もつらしとしりぬればことわりなくも落つる涙か

自分の宿運の拙さに加えてあなたが薄情なのだと思い知ったので、訳もなく涙が流れてくる、といった内容である。これに答えたのが、次の歌である。

返し　　左京権大夫

かりそめの絶え間を待つや恨むべきことわりなきは涙なりけり

左京権大夫は源俊頼のこと。ほんのわずかの間訪れなかっただけでそんなに恨むなんて。たしかに訳のわからない涙だなあ。相手の「ことわりなし」の語を引き取って、巧みに切り返している。『堀河院艶書合』は、堀河天皇内裏の遊び心満載の試みであった。虚構の恋歌ではあるけれども、むしろそれがかえって、本来演技的側面を強く持つ、恋の和歌の本質を抽出して見せられているかのごとくである。

3　元永元年十月二日『内大臣家歌合』の激しい議論

＊忠通の主宰する歌壇の歌合

『堀河百首』の参加歌人である源俊頼と藤原基俊は、院政期の初めのころを代表する歌人であり、歌学者であった。堀河天皇の御代からは少し後のことになるけれども、この時代の和歌界をリードした両巨頭が和歌観を戦わせた、注目すべき歌合がある。元永《げんえい》元年（一一一八）十月二日に行われた、『内大臣家歌合』である。内大臣というのは藤原忠通《ふじわらのただみち》（一〇九七～一一六四）のことで、彼の自邸で行われたのである。忠通は忠実の嫡男で、摂関家の継承者である。この時まだ二十二歳だったが、すでに歌人たちのパトロンとなり、歌壇を主宰していた。保元《ほうげん》の乱（一一五六年）に勝利者側となった政治家でもあるが、自らも和歌・漢詩をよくする文学者であり、また能書家でもあった。

＊俊頼と基俊の和歌観の相違

『内大臣家歌合』では、「時雨」「残菊」「恋」の三題が出題されていた。そのうち、まず時雨題の四番を見てみよう。

四番　左　基勝　　　　顕仲朝臣

水鳥の青羽の山やいかならん梢を染むる今朝の時雨に

右　俊勝　　　　道経朝臣

かきくもり蜑《あま》の小舟に葺く苫の下とほるまで時雨しにけり

俊云、「水鳥の青羽の山」とつづきて、「梢を染むる」といふほど、無下にあらはなり。次歌、蜑の小舟にかからむほど、思ひかけぬさまなれど、過にはあらねば勝とや申すべからん。

基云、水鳥の青羽の山などいへる、いみじく古めきたれど、右の歌の、「かきくもり蜑の小舟に葺く苫」など侍れど、春雨・五月雨などのやうに、つくづくと降る物にもあらねば、下とほるまで有るべしと覚え侍らず。猶、梢を染むる時雨、少しまさると定め申すべし。

「左基勝」「右俊勝」というのは、基俊は左の顕仲の歌を勝ちとし、俊頼は右の道経の歌を勝ちとした、という意味である。二人の勝負の判定はまったく逆であったのである。それぞれの判定の根拠を探ってみよう。まず俊頼は、初二句と第四句の表現が「あらは」だといっている。露骨だということだろう。水鳥は羽根が青いことから、「水鳥の」は青羽およびそれと同音の青葉に掛かる枕詞となる。この表現は、『万葉集』の

秋の露は移しにありけり水鳥の青葉の山の色づくみれば（巻八・一五四三・三原王）

に見られるが、この歌がすでに青葉の山が紅葉するというテーマを歌っていた。俊頼は、『万葉集』からあまり変わっておらず工夫がない、と非難しているのだろう。「梢を染むる」もいささか説明的に過ぎる。右の歌は、海人の小舟に時雨がかかるというのは、ちょっと意外な感じがするが、誤りというわけではない。消極的にだが、右の方が優れている、という。

一方基俊はこう判断した。左歌の「水鳥の青羽の山」などという表現はひどく古めかしい、とあまり好意的ではないとはいえ、相手の右歌の上句の表現に決定的な間違いを認める。時雨は、春雨や五月雨とは違って、苫葺きの屋根を通して下がびっしょり濡れるほど降るものではない、というのだ。たしかにぱらぱらと降ってはすぐやむ、というのが時雨の降り方といえるだろう。そういう和歌的な様式を基俊は重視していた。古めかしいことにも、否定的ではなかった。それに対して、俊頼は作者の工夫、すなわち表現の新しさを優先するところがあった。

もう一つ、今度は恋題の番を見てみよう。

六番　左　俊持　　少将公
うかりける汀《みぎわ》に生ふる浮きぬなはくることなくていく夜経ぬらん
　右　基勝　　信濃公
世とともに袖のみぬれて衣川恋ひこそわたれ逢瀬なければ

俊云、左右共にさせる難見えず。古めかしきは常の事なれば、等しとや申すべからん。
基云、是は何れも何れもよろしう見給ふる。逢瀬なくて恋ひわたらんこそいとをかしけれ。

左歌の「浮きぬなは」は浮いている蓴菜《じゅんさい》のこと。次の「くる」（繰る・来る）を導いている。また「汀」の「み」に「身」が掛けられている。右歌は、「衣川」にまつわって、「袖」「濡れ」「わたれ」「逢瀬」の縁語を用いている。どちらの歌の技巧も、これまでしばしば使われてきたものである。

そこで俊頼は、無難で古めかしいとはいえ、それはよくあることなので、同等であるとしている。消極的に認めているといえよう。一方基俊は、どちらもよろしい歌だと拝見する、と両方とも積極的に評価する。さらに逢瀬・わたるの縁語を「をかし」を褒めている。古めかしさへの態度が明らかに違うのである。源俊頼は、古さよりも新しさへの志向が強いと思われ、藤原基俊は古さに積極的に意義を見いだしているようである。この両者の差異は、二人の個性の違いには違いないけれども、それにとどまらず、この時代の和歌のあり方の幅の広さをも示している。様式への意識の幅である。様式は常に「古さ」に価値を置く。けれど新しい物を生み出す基盤にもなる。古さと新しさをともに含み込むものである。院政期の和歌への意識が、様式を強く意識するものであったことを物語っているのである。

《引用本文と、主な参考文献》

・勅撰集は『新編国歌大観』第一巻（角川書店、一九八三年）、私家集は同第三巻（角川書店、一九八五年）、『堀河百首』は同第四巻（角川書店、一九八六年）、歌合は同第五巻（角川書店、一九八七年）を使用した。『堀河百首』の注釈として、和歌文学大系『堀河院百首和歌』（明治書院、二〇〇二年）を参考にした。

《発展学習の手引き》

・橋本不美男『院政期の歌壇史研究』（武蔵野書院、一九六六年）、上野理『後拾遺集前後』（笠間書院、一九七六年）は研究の基盤となる領域を切り開いた。岡﨑真紀子『やまとことば表現論——源俊頼へ』（笠間書院、二〇〇八年）は、源俊頼についての最新の成果を示している。

8 数寄の歌人たち

《目標・ポイント》 平安時代から中世にかけて、「数寄」という言葉が、歌人のあり方に関してしばしば用いられた。「数寄」は宮廷生活から和歌が離れ、非日常的な理想を求める心性を基盤とし、その理想を求める歌人たちの連帯の証しとなり、脱俗的であるという点で仏道とも関わる。

《キーワード》 数寄、能因、和歌六人党、西行、空仁、俊恵、源頼政、無名抄

1 能因の活動

＊数寄とは何か

「数寄」あるいは「数奇」と表記する言葉がある。「好む」の意の「好く」の連用形「好き」から来ている。この語が、平安時代の終わりごろから中世の初めにかけて、とくに和歌に関して特徴的に用いられた。和歌を愛し、和歌にのめりこんだ歌人たち特有の精神性を表す言葉として、用いられたのである。それは平安時代、すなわち広い意味での古代から、中世へと大きな変貌を遂げようとする和歌のありかたと深く関わっていた。その経緯を確かめてみよう。

＊数寄者、能因

能因《のういん》（九八八〜一〇五〇以後）は、俗名橘《たちばなの》永愷《ながやす》。二十六歳頃出家し、摂津国の児屋《こや》や古曽部《こそべ》に住んだ。各地を旅して歌を残したが、とくに陸奥国への旅の和歌が有名である。家集に『能因集』があり、秀歌撰として『玄々集《げんげんしゅう》』を編んだ。『能因歌枕』という歌学書も著した。

この能因には、「数寄」にまつわる有名な発言がある。藤原清輔《ふじわらのきよすけ》の『袋草紙《ふくろぞうし》』という歌学書が伝える話である。

河内の重如《しげゆき》は山次郎判官代と号す。下賤の者なり。而るに吾より高き女を思ひかけて、艶書を書きて自ら持ち来りてこれを奉る。その状に云はく、

人づては散りもやすると思ふ間に我《われ》が使ひに我が来たるぞ

女、感歎して身を任すと云々。月夜には河内の国より夜ごと住の江に行きて夜を明かすと云々。古への歌仙は皆すけるなり。然れば能因は人に、「すき給へ、すきぬれば秀歌は詠む」とぞ申しける。

『袋草紙』は、さらにこの後に、もう一度念を押すようにしてこう述べている。

能因は、古曽部より毎年花盛りに上洛して、大江公資《きんより》が五条東洞院の家に宿すと云々。件の家の南庭に桜樹有り。その花を翫《もてあそ》ばんが為と云々。勧童丸といふ童一人相ひ従ふと云々。公資が孫公仲《きんなか》には常に云はく、「数奇給へ、すきぬれば歌はよむ」とぞ諷諫しける。これ公仲が子有

経の語る所なり。

「すく」という動詞形ではあるが、「風流に徹する」というニュアンスを帯びている語になっている。常識にとらわれるな、という教えともいえそうである。

実際能因の和歌に関する行動は、常軌を逸したものと見られていた。有名なのは、

陸奥国にまかり下りけるに、白河の関にてよみ侍りける　能因法師
都をば霞とともにたちしかど秋風ぞ吹く白河の関（後拾遺集・羇旅・五一八）

にまつわる話である。彼の代表作と言ってよい一首である。鎌倉時代の説話集『十訓抄《じっきんしょう》』では、能因はこの歌を都で作ったのだが、そのまま公表するともったいないと思って、家に長期間こもっていて、日に焼いて色黒にしてから、「陸奥に修行に行ったついでに詠んだ」と称して人に見せた、という話になっている。この説話の冒頭も「能因はいたれる数寄者なり」となっている。陸奥下向は事実と考えてよいのだが、数寄者の能因ならいかにもこういうことをしそうだ、と見られていたわけである。先ほどの『袋草紙』の能因の台詞にも、「すきぬれば秀歌は詠む」と「秀歌」とあった。ただ良い歌が詠みたいというだけではなく、人から優れた歌だと評価されることを求めている。これも数寄者の特徴なのである。

もう一つ、数寄者を呼ぶ、あるいは数寄者は数寄者に応える、とでもいうべき現象があることに注意したい。たとえば、

正月ばかりに津の国にはべりけるころ、人のもとにいひつかはしける
心あらむ人に見せばや津の国の難波わたりの春のけしきを（後拾遺集・春上・四三）
能因法師

は、やはり能因の代表作だが、この歌に触発されて、「こころある」、つまり情趣を解することで能因に応えようとする歌人たちを、数多く生み出した。

＊和歌六人党

この能因を慕った後輩たちに、「和歌六人党」と呼ばれる歌人たちがいた。資料によって、六人の名前に若干の出入りがあるが、平棟仲《たいらのむねなか》・藤原経衡《ふじわらのつねひら》・源頼家《みなもとのよりいえ》・源兼長《みなもとのかねなが》・源頼実《みなもとのよりざね》・藤原範永《ふじわらののりなが》（『袋草紙』による）らである。いずれも和歌に執着した数寄者である。源頼実を取り上げよう。源頼実（一〇一五〜一〇四四）は、鬼の酒呑童子《しゅてんどうじ》を退治した伝承をもつ頼光《よりみつ》の子。和歌六人党には、叔父の源頼家とともに入って、諸種の歌合などで活躍した。家集に『故侍中左金吾《こじちゅうさきんご》家集』がある。彼に関しては、こんな逸話が残されている。

源頼実は術《ずち》なくこの道を執して、住吉に参詣して秀歌一首詠ましめて命を召すべきの由祈請すと云々。その後西宮《にしのみや》において、

木の葉散る宿は聞きわくことぞなき時雨する夜も時雨せぬ夜も

と云ふ歌は読むなり。当座はこれを驚かず。その後また住吉に参詣して、同じく祈請す。夢に示して云はく、「秀歌は読み了んぬ、かの落葉の歌に非ずや」と云々。その後秀逸の由謳歌せり。

またその身六位なる時夭亡すと云々。

（袋草紙）

和歌には、一首の中に同じ語句が繰り返し用いられることを拙いことだとする原則がある。それなのに「木の葉散る」の下句は、よく似た句が繰り返されている。屋根にぱらぱらと音を立てて目を覚まさせる。それはしぐれなのか、木の葉が散っているのか、区別がつかない。そのことを強調するために、わざとルール違反すれすれの表現を用いているのである。時雨や落葉の音に聞き入らざるをえない生活を送っている人物が浮かび上がり、その人物のわびしげな閑居の人生への共感が、この特異な言葉で表された風景を支えている。他の和歌六人党の歌人も、自然などの風景の描写力に新鮮な魅力を感じさせる歌が多い。

花ならで折らまほしきは難波江の葦の若葉に降れる白雪（後拾遺集・春上・四九・藤原範永）

池水の水草《みくさ》もとらで青柳の払ふしづ枝にまかせてぞみる（後拾遺集・春上・七五・藤原経衡）

宿ちかき山田の引板《ひた》に手もかけでふく秋風にまかせてぞみる（後拾遺集・秋下・三六九・源頼家）

などである。風景が印象鮮明に描かれているのは、その風景の中に作者が意識的に深く入り込んでいることに起因するだろう。そこには、山海の民の視点に寄り添うくらいに、風景に自己投入する演技が感じられる。数寄の精神が発揮されているのである。

2　西行の数寄と遁世

＊能因と西行

西行《さいぎょう》（一一一八～一一九〇）は代表的な遁世歌人であるが、彼もまた数寄者の系譜に連なる歌人であった。遁世者として、厳しく修行につとめながらも、生涯和歌という表現媒体を手放すことがなかった。西行には、『山家集《さんかしゅう》』『西行法師家集（西行上人集）』『山家心中集《しんちゅうしゅう》』『聞書集《ききがき》』『残集《ざん》』という、多種の家集があるが、西行が原型を編んだものもあり、自身が編んだと思われるものもある。さらに自歌合《じかあわせ》という新形式を創出してまで、『御裳濯河歌合《みもすそがわ》』『宮河歌合《みやがわ》』という、自分の歌だけからなる秀歌撰を作ったりもしており、西行の自分の歌へのこだわりには、相当に強いものがある。そして能因への敬慕もやはり強い。

白河の関では、最初の陸奥への修行の際、

陸奥国へ修行してまかりけるに、白河の関にとどまりて、ところがらにや常よりも月おもしろくあはれにて、能因が「秋かぜぞ吹く」と申しけんをりいつなりけんと思ひいでられて、名残りおほくおぼえければ、関屋の柱にかきつけける

白河の関屋を月のもる影は人の心をとむるなりけり（山家集・下・雑・一一二六）

「もる」と「とむる」は「関」の縁語。「もる」は「漏る」に「守る」が掛けられている。白河の関の番小屋にとまって、「都をば」の歌を想起し、能因をしのんで歌を詠んだのであった。さらに『山

家集』は次のように続く。

関に入りて、信夫《しのぶ》と申すわたり、あらぬ世のことにおぼえてあはれなり。都出でし日かず思ひつづけられて、「霞とともに」と侍ることの跡、たどりまで来にける、心ひとつに思ひしられてよみける

都出でて逢坂越えしをりまでは心かすめし白河の関（山家集・下・雑・一一二七）

白河の関を越え、陸奥国に入って、信夫の里まで至った。ちょうど現在の福島県を縦断するくらい来てから、改めて西行は能因の歌を思い起こす。能因と同じような足跡を自分もたどったのだ、と感慨を新たにする。そして詠んだ歌は、「都をば」をはっきりと踏まえている。東国への入り口である逢坂の関のあたりでは、心の中でぼうっと霞んだように思いやるほかなかった白河の関、そこを越えてやってきたのだ、と。西行は、先ほど述べた、能因に応えた歌人のうちの一人だったわけである。このように数寄者と数寄者の間には、同志のようなつながりが生まれることがある。

＊出家前の西行

西行は、出家前の作品を、少なくともそれとはっきり示す形では、ほとんど残してくれていない。その中で、次のように一連の作品が残されているのは珍しい。そして、西行にとっての数寄と仏道がどうつながるのかを示してくれている例でもあるので、少し丁寧に読んでみよう。

いまだ世逃れざりけるそのかみ、西住具して法輪にまゐりたりけるに、空仁《くうにん》法師、経覚ゆ

とて庵室に籠もりたりけるに、物語申して帰りけるに、舟のわたりのところへ、空仁まで来てなごり惜しみけるに、筏のくだりけるを見て　空仁

はやく筏《いかだ》はここに来にけり（二二）

薄らかなる柿の衣着て、かく申して立ちたりける、優におぼえけり。

大堰川《おおいがわ》かみに井堰《いぜき》やなかりつる

まだ出家する前の西行、すなわち佐藤義清《さとうのりきよ》は、親しい友人の西住《さいじゅう》を伴って、空仁のもとを訪れた。西住もまだ在俗の時で、源季政《みなもとのすえまさ》と名乗っていたころである。空仁は、俗名大中臣清長《おおなかとみのきよなが》といい、空人《くうにん》の表記で『千載集』に四首入っている。勅撰集に採られたのは、この四首だけであるが、当時はそこそこ知られた歌人であったらしい。

世を背かんと思ひ立ちけるころよめる　　空人法師

かくばかり憂き身なれども捨てはてんと思ふになれば悲しかりけり（千載集・雑中・一一一九）

これは出家前の思いを吐露した『千載集』入集歌だが、こうした歌なども、西行たちにとって注目されるものだったろう。西行と西住は、歌人であり遁世者でもあった彼に、憧れの気持ちをもっていたようだ。庵室に閉じこもって一所懸命に経文を覚えていた、遁世して間もない空仁を、法輪寺に訪れた。法輪寺は今も嵯峨嵐山の中腹にある。遁世とはどのようなものなのか、それを確かめに行ったのだろう。西行・西住も出家への思いを吐露したかもしれない。和歌の話も出たに違いな

い。彼らは大いに語り合った。それでも修行の邪魔にならぬようにと退席すると、空仁は渡し場まで見送ってくれた。嵐山の前には大堰川（桂川）が流れている。いまなら渡月橋があるが、当時は船で渡る必要があった。

そこへ筏がやって来た。もう筏が来たと和歌の下句が思わず空仁の口をついた。もうお別れなのですね、と名残を惜しむ気持ちを込めたのである。柿渋で染めた薄い粗末な衣を着て、そう言って立っていたたたずまいが、なんとも素敵だった、と告白している。そんな気持ちを表すように、すかさず西行は上句を付けた。大堰川の上流には、流れをせき止める井堰がなかったのですね、と。当意即妙であることが、気持ちのつながりを表している。

かくてさし離れてわたりけるに、ゆゑある声の枯れたるやうなるにて、「大智徳勇健《だいちとくゆうけん》、化度無量衆《けどむりょうじゅ》」と読みいだしたりける、いと尊くあはれなり

大堰川舟にのりえて渡るかな　西住付けけり　（一一三）

流れに棹をさす心地して

心に思ふことありて、かく付けけるなるべし。

離れていこうとする舟に、空仁は、覚えたての法華経の経文を用いて呼びかける。提婆達多品《だいばだったほん》の一節で、「智徳を備えた偉大なる菩薩よ、あなたは勇健で、無数の衆生をお救いになった」というほどの意味である。「大智徳」（法華経の文脈では文殊菩薩を指す）は、この場合西行たちを指し、

志を遂げよと励ましているのだろう。そう言う様子がなんとも尊げだった。その気持ちを表したのが、「大堰川」の西行の一句である。「乗りえて」と「法得て」を掛けている。仏法を授けてもらって、彼岸へ渡るような気持ちだ、というのである。今度は西住が付けた。流れに乗って棹を差し進める思いだ。出家への背中を押してもらった、ということなのだろう。思うところがあって付けたのだな、と西行も理解していた。

なごり離れがたくて、さし返して、松の下に降りゐて思ひのべけるに
大堰川君がなごりの慕はれて井堰の波の袖にかかれる（二二四）

結局西行と西住は舟を元に戻して、再び空仁と松の木蔭で話し合った。「大堰川」は西行の歌。「なごり」は「余波」とも書き、波の縁語である。

かく申しつつさし離れて帰りけるに、「いつまで籠もりたるべきぞ」と申しければ、「思ひ定めたることも侍らず、ほかへまかることもや」と申しける、あはれにおぼえて
いつか又めぐり逢ふべき法の輪の嵐の山を君し出でなば（二二五）
返り事申さむと思ひけめども、井堰の瀬にかかりて下りにければ、本意なくおぼえ侍りけん。

今度こその別れ際、いつまで法輪寺に籠もっているのか、と問う西行に、決めてはいない、ほか

へ行くこともあるかもしれない、と空仁は答えて、西行を感動させる。遁世とは、そういう生活ができることなのかと、漂泊の人生への憧れに火を着けられたのかも知れない。「いつかまた」の歌の「めぐり」は「輪」の縁語。またお会いしたいがそれも叶わないかも知れませんね。本当に羨ましい生活だ、という思いを込めているのだろう。空仁も返歌をしたかったようだが、舟が早瀬に掛かってしまって果たせなかった、彼も残念そうだった、と言い添えている。この後もやりとりは続くが、省略しよう。和歌にこだわる、広い意味での数寄の精神と、遁世への思いが密接に結び付いていることがわかる。

和歌は、宮廷生活を支柱とする貴族の表現手段には、もはや止まらなくなっている。宮廷から遠く離れた人が歌うとき、和歌は理想的な、その意味で非日常的な世界と自分との関わりを表すことになる。その非日常性をはっきりとあらわにしたのが、数寄の精神といえるだろう。遁世は、仏道に関わるものではあるが、俗なる日常を脱していこうとする強い志向という点で、数寄と共通するところがあるのである。

3　歌林苑に集う歌人たち

＊俊恵と歌林苑

俊恵《しゅんえ》（一一一三～一一九四）は、東大寺の僧侶で、『金葉和歌集』の撰者源俊頼《みなもとのとしより》の子である。つまり、経信《つねのぶ》―俊頼と続く歌の家の継承者であり、勅撰和歌集に合計八十四首入集した有力歌人である。『林葉《りんよう》和歌集』という家集もある。彼の事跡でとくに注目したいのが、歌林苑《かりんえん》の活動である。京の白河にあった自分の坊を、歌林苑と名付け、歌人たちが集って詠歌する場としたのである。歌林苑は、当時の数寄の歌人たちの交流するサロンとなった。たとえば、空仁と源頼政《みなもとのよりまさ》は、ここで出会っている。源頼政（一一〇四〜一一八〇）は、源三位頼政とも呼ばれ、『平家物語』の中でも活躍する。治承《じしょう》四年（一一八〇）以仁王《もちひとおう》とともに平家打倒のために挙兵したが、敗れて自害した。武将でありながら、歌界で重きをなした歌人であった。

少別当入道空仁と申す歌読む物侍ると年ごろ聞きわたり侍るに、かれも聞きて、互ひにいかで逢ひみてしかなと思ひけるほどに、歌林苑にて人丸の影供《えいぐ》し侍りける日、逢ひて歌読みなどして後、ほどへて云ひつかはしける

音にのみ聞き聞かれつつ過ぎ過ぎて見きなわれ見きその後はいかに（頼政集・六二九）

返し

恋ひ恋ひて見きわれ見えきその後は忍びぞかぬる君は世にあらじ（頼政集・六三〇）

空仁と頼政は、面識のないころからお互いに歌詠みとして評価し合い、どうか一度会ってみたいと思っていた。すると、歌林苑で「人丸の影供」があった日に出会うことができ、一緒に歌を詠むことができた。「人丸の影供」とは、「人麿影供」のこと。『万葉集』の歌人柿本人麻呂《かきのもとのひとまろ》が神格視されるようになり、その画像を供養して行われた歌会である。元永《げんえい》元年（一一一八）に、藤原顕季《ふじわらのあきすえ》が始めた。六条家と呼ばれる顕季の子孫たちの間では、歌道家継承の証しとなり、それ以外にも、歌人たちの結合を象徴する儀礼となった。歌林苑で行われたものは、まさにその後者に当たる。空仁と頼政は、人麿の導きによって邂逅《かいこう》できたという意識があったであろう。歌は、その後しばらく時

が経って、再び合う機会がないのを気にした頼政が、ご機嫌伺いをよこしたものに、空仁が答えたものである。「聞き聞かれつつ過ぎ過ぎて」「恋ひ恋ひて見きわれ見えき」など、同じ言葉を繰り返し用いて興じ合っているところなど、意気投合したのだろう二人の呼吸を物語っている。

＊源頼政の数寄

歌林苑には、右の二人の他にも、遁世者・在俗者の区別なく、また身分的にも幅をもった、多くの歌人たちが出入りをしていたようだ。祝部成仲《はふりべのなりなか》・藤原隆信《ふじわらのたかのぶ》・藤原頼輔《ふじわらのよりすけ》・賀茂重保《かものしげやす》・惟宗広言《これむねのひろとき》・登蓮《とうれん》らで、殷富門院大輔《いんぷもんいんのたいふ》などの女性もいた。また『方丈記』で有名な鴨長明《かものちょうめい》は、俊恵の歌の弟子で、歌林苑の終り頃に参加していた。

道俗さまざまな歌人が集まった歌林苑の中でも、先の頼政の数寄ぶりは際立っていたようだ。鴨長明には『無名抄《むみょうしょう》』と呼ばれる歌学書があり、これが平安時代末から鎌倉時代初頭の歌人たちの様子を活写する、実に貴重な証言となっているのだが、その中で頼政はこう語られている。

頼政の歌、俊恵選ぶこと

建春門女院の殿上の歌合に、関路落葉といふ題に、頼政卿の歌に、

都にはまだ青葉にて見しかども紅葉散り敷く白河の関

と詠まれて侍りしを、その度この題の歌あまた詠みて、当日まで思ひ煩ひて、俊恵を呼びて見せられければ、「この歌はかの能因が『秋風ぞ吹く白河の関』といふ歌に似て侍り。されどこれは出で栄《いば》えすべき歌なり。かの歌ならねど、かくもとりなしてむと、へしげに詠めるとこそ見えたれ。似たりとて難とすべきさまにはあらず」と、計らひければ、今車さし寄せて乗られ

ける時、「貴房の計らひを信じて、さらばこれを出だすべきにこそ。後の咎《とが》はかけ申すべし」と言ひかけて、出でられにけり。
その度、この歌思ひのごとく出で栄えして勝ちにければ、帰りてすなはち悦び言ひつかはしてけるとぞ。「見るところありてしか申したりしかど、勝負聞かざりしほどは、あひなくよそにて胸つぶれ侍りしに、いみじき高名したりとなむ、心ばかりは覚え侍りし」とぞ、俊恵語り侍りし。

あるとき、源頼政は、歌合に出詠することになった。嘉応《かおう》二年（一一七〇）に催された、『建春門院北面歌合』と通称される歌合である。主催者は後白河院《ごしらかわいん》の妃で高倉《たかくら》天皇の母、建春門院滋子《けんしゅんもんいんじし》で、後白河院の御所である法住寺殿で行われた。頼政もかなり力こぶが入っていたのだろう。「関路落葉」という、これまで出題された例を見ないいささか凝った題であるが、その題で「都には」の歌を詠んだ。明らかに能因の「都をば」の歌を踏まえ、それを夏の青葉から冬の落葉へとずらしたのである。ただし、「青葉」「紅葉」「白河」と、色を対照させたところに工夫が見られる。もう三十年ほどして、新古今時代と呼ばれる頃になると、本歌取りが表現技法として認知されることになるが、この時代は、模倣との境界が微妙であり、否定的に扱われることもあった。不安になった頼政は、俊恵に評価を尋ねた。俊恵は、「出で栄えする歌だ」と好意的に評価した。歌合の場で披露されることでその価値が認識される歌だということだろう。能因の歌を圧倒するような出来映えで、似ていることが欠点にならない、と擁護した。似てしまったのだったら模倣だが、本歌を乗り越えようとして成功した歌だ、ということなのであろう。数寄者は昔の歌、古い歌を愛する。そして新しい個性ある歌を詠んで、評価されようとする。古さと新しさとを両方強く求める。本歌取り技法を成立させていったのは、こうした数寄者たちの傾向と無縁ではないのだろう。

『無名抄』は、頼政について、こうも言っている。

頼政、歌道に好けること

俊恵いはく、「頼政卿はいみじかりける歌仙なり。こころの底まで歌になりかへりて、常にこれを忘れず心にかけつつ、鳥の一声鳴き、風のそそと吹くにも、まして花の散り、葉の落ち、月の出で入り、雨・雪などの降るにつけても、立ち居起き臥しに風情をめぐらさずといふことなし。まことに秀歌の出でくるも理《ことわり》とぞ覚え侍りし。かかれば、しかるべき時名あげたる歌ども、多くは擬作《ぎさく》にてありけるとかや。大方の会の座に連なりて歌うち詠じ、良き悪しきことわりなどせられたる気色も、深く心に入れることと見えていみじかりしかば、かの人のある座には何事も栄えあるやうに侍りしなり」。

行住坐臥、いかなる時にも歌を忘れず、こうした場合はどう歌が詠めるだろうと考えを廻らしていた、という。「すき給へ、すきぬれば秀歌は詠む」という能因の教えをそのまま実践していると言ってよいだろう。「心の底まで歌になりかへりて」というのは印象的な言葉だ。人格が変わってしまうほど、和歌のことばかり考えるということだろう。だとすれば、出家遁世によって、世俗の自分を変革して行くことと、かなり近いことになる。「数寄」は、このように仏道と和歌との接点ともなったのであった。

《引用本文と、主な参考文献》

・『袋草紙』は藤岡忠美校注『新日本古典文学大系 袋草紙』（岩波書店、一九九五年）、『山家集』『残集』は久保田淳・吉野朋美校注『西行全歌集』（岩波書店、二〇一三年）、

・『無名抄』は久保田淳訳注『無名抄 現代語訳付き』（角川学芸出版、二〇一三年）によった。

《発展学習の手引き》

・数寄と西行については、目崎徳衛『西行の思想史的研究』（吉川弘文館、一九七八年）が歴史的経緯も踏まえて重要な成果を上げている。『久保田淳著作選集 第一巻』（岩波書店、二〇〇四年）には、『残集』の空仁とのやりとりをはじめ、人々と交流する西行の和歌のこまやかな読み取りが見られる。

9　新古今歌人たち

《目標・ポイント》 中世の初頭に生まれた『新古今和歌集』は、なぜ王朝文化の粋を集めたものになっているのか。その中には本歌取りの技法を用いた歌が数多くあるが、どうしてそういうことになったのか、そもそも本歌取りとはどういうものか、を考え、その創造性について述べる。

《キーワード》 新古今和歌集、本歌取り、後鳥羽院、藤原定家、伝統、創造性

1　新風歌人の登場

＊『新古今和歌集』の創造性はどこにあるか

『新古今和歌集』（以下、『新古今集』と称する）といえば、『万葉集』・『古今和歌集』（以下、『古今集』）と並んで「日本三大歌集」などと呼ばれ、文学史の教科書にも取り上げられる著名な作品である。八番目の勅撰和歌集である『新古今集』は、元久《げんきゅう》二年（一二〇五）に完成して、世に披露された。編纂を命じたのは、後鳥羽院《ごとばいん》であった。すでに政治史的には、一般に武士の時代などと呼ばれている鎌倉時代に区分される時期に入っている。しかしその集に収められた和歌は、まるで

平安時代の和歌や文学の粋を集めたような、濃厚な王朝の香りを漂わせている。そしてたぐい稀なほど鋭い詩的達成を見せている。どうしてこのような、謎めいた歌集が出現したのであろうか。

『新古今集』が王朝文学の精髄を集めた印象をもたらすことには、わかりやすい理由がある。本歌取りの技法を用いた歌が多いことである。本歌取りとは、古い歌を踏まえ、その表現を取り入れて新しい歌を創作する技法である。古い歌には、『万葉集』の歌も含まれはするが、中心となるのは、『古今集』『後撰集』『拾遺集』『小町集』『古今和歌六帖』などの平安時代の歌集の歌である。また、『伊勢物語』や『源氏物語』などの平安時代の物語を踏まえることも、広い意味での本歌取りに入る。物語のストーリーを取り入れるというよりは、物語の中の和歌に依拠することが原則だからである。また、漢詩文を踏まえることも広義の本歌取りに含まれるが、それも中国の漢詩文の原典から見いだしたというよりは、『和漢朗詠集』『新撰朗詠集』など、平安時代に編纂された詩歌集などを出典とするものが多い。それゆえ平安時代の文化の香りが強くなるのである。それにしても、古い作品を半ば模倣するような詠み方が、どうして創造性をもつのだろうか。そのことも考えてみたい。

＊新古今時代とはいつごろか

『新古今集』を生み出す基盤となった時代を、新古今時代と称することがある。『新古今集』の中核をなす歌人たちが活躍し、つぎつぎと斬新な和歌が詠まれていた時代のことである。いつを指すかは論者によって違うが、その前の勅撰集である『千載和歌集』が完成したのが文治《ぶんじ》四年（一一八八）のことなので、始まりは一一八八年とし、あらゆる意味で『新古今集』の中心人物であった後鳥羽院が敗北した承久の乱の一二二一年までとしておきたい。おや、と不審に思われるだろうか。

一二〇五年に『新古今集』は完成しているはずなのに、それ以後も新古今時代なのだろうかと。そう捉えられる事情もまた、この集の独自の性格を物語っているともいえるのである。

＊慈円と定家のやりとり

さて、まずは『新古今集』の誕生を準備した時代を見てみよう。新古今時代のうち、一一八八年ごろから、後鳥羽天皇が譲位する一一九八年までの時期である。この頃、新風歌人などと呼ばれる新進気鋭の歌人たちが、私的な場が中心とはいいながら、活発な和歌活動を始めていた。互いに切磋琢磨しながら、新しい和歌を追求し続けていた。『新古今集』を生み出す母胎となった活動である。

最初に、慈円《じえん》と藤原定家《ふじわらのていか》に登場してもらって、一例を示そう。慈円（一一五五〜一二二五）は、藤原忠通《ふじわらのただみち》の子で、兼実《かねざね》の弟、良経《よしつね》の叔父に当たる。天台座主に四度就任し、後鳥羽院の護持僧も務めた、宗教界の大立て者である。和歌でも『新古今集』に九二首入集している。これは、西行に次ぐ第二位である。藤原定家（一一六二〜一二四一）は、俊成《しゅんぜい》の子で、『新古今集』の撰者であり、新古今歌人の中心人物であることは、いうまでもない。次の『新勅撰集』の撰者も務め、歴史上初めて、二つの勅撰集撰者となった。本歌取りの大成者であり、優れた古典学者でもあった。

まず取り上げたいのは、文治四年（一一八八）の十二月十三日から十五日にかけて、慈円が詠んだ「早率露胆《そうそつろたん》百首」である。「早率露胆」とは、とりいそぎ心中を吐露する、の意。百首歌とは、一人で百首まとめて詠む試みで、院政期以降歌人の間でしきりと行われていた詠歌の方法であった。百首は勅撰集の構成を模して詠まれ、和歌的世界観を具現化するものであった。この時、慈円は三日間で詠んでいる。百首の中には、たとえば、

岡の辺の里のあるじを尋ぬれば人は答えず山おろしの風（新古今集・雑中・一六七五）

などの『新古今集』入集歌がある。この百首に対して、定家は、翌年の文治五年（一一八四）春に「奉和無動寺法印早率露胆百首」という百首歌を詠んで、慈円の思いに和した。

たまぼこの道行き人のことづても絶えてほどふる五月雨の空（新古今集・夏・二三二）

この一首は、

恋ひ死なば恋ひも死ねとやたまぼこの道行き人に言づてもなき（拾遺集・恋五・九三六・柿本人麻呂《かきのもとのひとまろ》）

を本歌としている。柿本人麻呂と伝えられる古風な恋歌を、鮮やかに夏の五月雨の歌に転換している。さらに定家は、もう一度慈円に和した「重奉和早率百首」をも、同年三月に立て続いて詠んでいる。実験精神に富んだ和歌が、二人の間で大量に行き来していたのである。

＊スピード感あふれる歌の交流があった

慈円と定家だけではない。定家と同じく俊成の門弟であった藤原家隆《ふじわらのいえたか》は、その定家と文治三年（一一八七）十一月に、「閑居百首」を詠み合っている。山里に閑居する人物の見た風景や、その感懐が歌われているかのように演じている。そのほか、「一字百首」と「一句百首」と呼ばれる試みは、あえて制限を設け、スピード感をもって詠み合うという点で、特徴的である。「一字百首」は建久《けんきゅう》元年（一一九〇）六月二十五日、定家、慈円、藤原公衡《ふじわらのきんひら》らが参加して、「あさかすみ」など二十句百字をあらかじめ設定し、歌頭に詠み入れたもので、定家はこれを「三時」（六時間）で詠んだ。続いて「一句百首」は、すぐ翌日の六月二十六日に、定家、慈円、公衡で詠んだもので、あらかじめ位置も設定された百句を詠み込む。定家は「五時」（十時間）で詠んでいる。

たとえば、定家は、「春来れば」を初句に詠み込む制限のもとに、

春来ればいとど光を添ふるかな雲居の庭も星の宿りも（拾遺愚草員外）

と詠み、「今日の子の日の」を第二句にして、

我が宿に今日の子の日の松植ゑて風待ちつけむ末の松陰（同）

と詠んでいる。歌を詠む際の言葉の使い方と発想の広げ方を、競いながら鍛え合っているさまが、如実にうかがわれる。

＊『花月百首』の冒険

この建久元年の九月十三日に、花と月の歌のみで百首詠む、「花月百首」という興味深い試みが、藤原良経《ふじわらのよしつね》の邸宅で披講（発表）された。生涯花月を愛し、この年の二月十六日に死んだ西行を追慕しての催しである。良経は俊成の弟子で定家たちと研鑽をともにしている、有力な新風歌人の一

人であり、なおかつ、彼等のパトロンでもあった。「花月百首」に参加したのは、良経・慈円・定家・有家《ありいえ》・寂蓮《じゃくれん》・丹後《たんご》。すべて新風歌人、およびその周辺の歌人といってよい。花と月の二つの主題だけで、それぞれ五十首ずつ詠むということは、花・月のさまざまな様態を、さまざまな情感のもとで捉える実験的な表現を育てることに役立ったであろう。このような試みの中で、定家は次のような一首を詠んでいる。

さむしろや待つ夜の秋の風ふけて月をかたしく宇治の橋姫（新古今集・秋上・四二〇・定家）

本歌取りの歌である。本歌は、

さむしろに衣かたしき今宵もや我をまつらむ宇治の橋姫（古今集・恋四・六八九・読人不知）

である。新古今時代の和歌を代表する歌であるが、かなり無理をして言葉を詰め込んでおり、少々難解である。新風歌人たちの言葉の冒険に支えられて出来上がった歌といえよう。

＊『六百番歌合』は新風歌人の活動の頂点だった

これら新風歌人を含む九条家の和歌活動は、建久四年（一一九三）ごろの『六百番歌合』で頂点を迎える。やはり良経が主催した歌合で、六〇〇番総計一二〇〇首という空前の大歌合であった。

四番（初恋）左勝　　定家朝臣

なびかじな海人の藻塩火《もしおび》焚き初めて煙は空にくゆりわぶとも（六〇七、新古今集・一〇八二）

右　　　　　　　　　　　　　　　　　　　　　　　　　　隆信朝臣

葦の屋の隙《ひま》漏る雨のしづくこそ音聞かぬより袖はぬれけり

右方申云、左歌、「くゆる」などこそいふべけれ、「くゆり」は聞きならはず、空にくゆらんこともいかが。左方申云、右歌、葦の屋の雨は上にこそ音はせね、しづくは音もありなんものを、又音聞かぬよりはいかに恋ふべきぞ。

判云、左方難に、くゆるとこそいはめと右方申す条は、しかるべからざるか。是の如き詞の字、移ル移リ、留ル留リ、かくのごとき類、勝計すべからざる事也。只歌ざまの善悪にぞよるべき。右の葦屋の似せ物、ちかくもかやうの事見給ひし心地す。庶幾すべからざるか。左の「くゆりわぶ」宜しきに似たり。勝ちとなすべしと申す。

左方の定家の歌に対して、「くゆり」に難癖が付けられた。おそらく「くゆ（燻）る」には「く（悔）ゆ」を掛けるのが常道で、それには、「くゆり」ではまずい、ということなのだろう。しかし判者俊成は、活用していると考えれば、それは問題にならない、と裁定している。それは歌の善し悪しによるのだと。実は定家の歌は、『源氏物語』須磨巻の歌などを本歌取りした歌である。

浦にたくあまだにつつむ恋なればくゆる煙よ行く方ぞなき（『源氏物語』須磨巻・朧月夜）

『源氏物語』須磨巻で、須磨に流離している光源氏に、朧月夜が返事をした歌である。抑えきれぬ光源氏への思慕が溢れ出ていて、哀切きわまりない歌である。定家はそれを、恋をし始めた男の煩悶の歌に、見事に転じたのである。

彼らは、言葉と発想が縦横無尽につながるネットワークを作った。それが『新古今集』の基盤となった。理解し合える仲間がいることは、より表現の冒険を大胆なものにしただろう。しかしまた一方で、仲間内だけで通じる、独りよがりなものにしてしまう面も否めなかった。もっと成熟することが求められていたのである。ところが、建久七年（一一九六）、源通親《みなもとのみちちか》の策謀によって起こった政変によって、九条家の人間たち（慈円、良経、任子《にんし》）は失脚し、宮廷を去ることになった。良経は蟄居し、彼が支えた新風歌人の和歌活動も閉塞せざるをえないこととなった。

2　後鳥羽院の登場——新古今集竟宴まで

＊『正治初度百首』で、定家と後鳥羽院は出会った

せっかく新しいムーブメントが育ちながらも、政治的な理由で沈滞していた和歌界は、一人の帝王の出現によって、鮮やかに復活した。いや、かつて以上の隆盛を迎えた。後鳥羽院《ごとばいん》が登場したのである。建久九年（一一九八）譲位して上皇となった後鳥羽院は、諸芸諸道に好奇心を示したが、とりわけ和歌に情熱を傾けた。正治《しょうじ》二年（一二〇〇）後鳥羽院が群臣二十三人に百首和歌を召した『正治初度《しょど》百首』は、その最初の成果ということができる。中でも重要なのは、この百首によって、後鳥羽院が藤原定家に出会い、その歌才に惚れ込んだことである。新古今時代を動かした帝王と天才歌人の協力体制が始まることとなった。

駒とめて袖うちはらふ陰もなし佐野の渡りの雪の夕暮（新古今集・冬・六七一）

は、『万葉集』の、

苦しくも降りくる雨か三輪の崎佐野の渡りに家もあらなくに（巻三・二六五・長奥麻呂）

を本歌取りした歌である。心の動きを強く表出する『万葉集』の雨の歌を、まるで水墨画のような静謐な雪の風景に転じるこの歌は、本歌取りのお手本と見なされたりもした。仲間と実験的な詠作を積み重ねてきて、定家たちの本歌取りは、いよいよ成熟の域に達していたのである。この直後、院は自分も含めてさらに十一名の歌人に百首を詠ませている（『正治後度《ごど》百首』）。

翌年の建仁《けんにん》元年（一二〇一）に入ると、後鳥羽院の和歌活動は熱狂的とさえ呼べるものになっていく。『老若五十首歌合』（二月）、『新宮撰歌合《しんぐうせんかあわせ》』（三月）、『三百六十番歌合』（右以降）、『鳥羽殿影供歌合《とばどのえいぐ》』（四月）と、小さからぬ規模の歌合を毎月のように催し、六月には、臣下たち三十人に百首歌を詠ませるという、宮廷歌人総動員の大行事を敢行する。しかもこの百首歌は歌合に編成し直され、『千五百番歌合』という史上最大の歌合となって、建仁二年（一二〇二）春ごろに完成した。

＊勅撰集を目指せ

宮廷全体が和歌の気運に盛り上がる中の七月、後鳥羽院は自分の御所である二条殿に、和歌所《わかどころ》を設置した。和歌所とは勅撰集編纂のための事務局というべきもので、ここに勅撰集を編纂する意志があることを満天下に示した。和歌所は、編集事業を行う場所であるのみにとどまらず、新しく和歌を詠作する場でもあった。設置直後の八月、九月に二度『和歌所影供歌合』を催している。影供歌合とは、柿本人麻呂《かきのもとのひとまろ》の画像を飾って、それを祀りつつ歌合を行うものである。和歌の神となった人麻呂に、勅撰集事業の成功を祈ったのかもしれない。

そして十一月には、いよいよ勅撰集撰進の命令が、撰者たちに下った。下されたのは、源通具《みなもとのみちとも》・藤原有家《ふじわらのありいえ》・定家・家隆・雅経《まさつね》・寂蓮の六名であるが、寂蓮は完成前に没しているので、撰者には含めない。その後も、十二月の『石清水社歌合』やその頃の『建仁元年仙洞五十首』などが行われている。こうして詠まれた最新作のうち優れたものは、ただちに勅撰集入集の候補作に組み入れられるのだった。

＊『三体和歌』という困難な試み

翌建仁二年（一二〇二）になっても、重要な和歌行事が次々と催されている。ここでは、和歌所で三月二十二日に披講された、『三体和歌』を取り上げてみたい。とても珍しい、特徴的な歌会だからである。参加した歌人は、後鳥羽院・良経・慈円・定家・家隆・寂蓮・鴨長明であった。鴨長明はいうまでもなく、『方丈記』の作者として知られた人物。彼は、後鳥羽院に抜擢されて、和歌所の寄人《よりうど》（事務局員）となったのであった。

さて、進取の気性に富んだ後鳥羽院は、和歌行事にも、次々に新機軸を取り入れていた。この歌会でいえば、詠むべき和歌のスタイルがあらかじめ決められている、というたいへん風変わりなものであった。春・夏は「ふとく大きに」あるいは「高体」、秋・冬は「からびほそく」あるいは「疲体」、旅・恋は「ことに艶に」あるいは「艶体」の三つの歌体を詠み分けて、六首を提出する、というものであった。『新古今集』に入集した歌を三首取り上げてみよう。まずは春の寂蓮の歌。

葛城《かずらき》や高間《たかま》の桜さきにけり竜田の奥にかかる白雲（新古今集・春上・八七・寂蓮）

この歌は二首の本歌を踏まえている。

桜花咲きにけらしなあしひきの山の峡《かい》より見ゆる白雲（古今集・春上・五九・貫之）

と、

よそにのみ見てややみなむ葛城の高間の山の峰の白雲（和漢朗詠集・読人知らず）

である。高さと遥けさとを兼ね備え、情緒的な湿度を可能な限り抑制した、強い律調に貫かれている。本歌自体も「ふとく大きに・高体」という様式に属する、崇高さを感じさせる歌であり、その本歌の言葉を最大限に生かしている。

ながめつついくたび袖に曇るらむ時雨にふくる有明の月（新古今集・冬・五九五・家隆）

冬の歌である。入り組んでわかりにくいが、「眺めていて何度私の袖の上で曇るのだろう。時雨が時折降りつつ更けていく夜の有明の月は」という内容であろう。袖に置いた涙の露に有明の月が宿っているが、その月もまた時雨で曇るのである。寂しい有明の月の、いっそう寂しい様子が歌われている。たしかに「からびほそく」（枯れて生気がなくなり、やせ細った様子）にふさわしいといえよう。

袖にふけさぞな旅寝の夢も見じ思ふ方よりかよふ浦風（新古今集・羇旅・九八〇・定家）

旅の歌で、『源氏物語』須磨巻の光源氏の歌、

恋ひわびてなく音にまがふ浦波は思ふかたより風や吹くらん

を本歌取りしている。「ことに艶に」とある「艶」は、感覚的、身体的に捉えられた濃密な優美さを表す言葉と考えられるが、それにふさわしい、まるで物語に入り込んだあげく、主人公以上に主人公らしい感覚・心境が突き詰められている。

歌体すなわち歌の様式を先に指定して、それに合わせて歌を詠むというのは、かなり困難なことだったと推定される。それだけ様式意識が育っており、かつ共有されていた証拠でもあろうし、歌人たちの技量の高さを物語るものでもあろう。

この建仁二年には、ほかに、恋歌だけから成るという特異な形態ながら、高い水準を示す『水無《みな》瀬殿《せどの》恋十五首歌合』などが催されている。

3 『新古今集』の改訂

＊斬新極まりない『元久詩歌合』

こうして元久《げんきゅう》二年（一二〇五）三月には、完成披露パーティともいうべき、新古今和歌集竟宴が催されている。文学史的にも、通常この年をもって『新古今集』の成立としている。ところが、実際にはまだまだ完成ではなかった。ただちに「切継《きりつぎ》」とよばれる改訂作業が始まったのである。それゆえ元久二年以降に詠まれた歌も、入集することになった。いま、その代表的な催しとして、『元久詩歌合《げんきゅうしいかあわせ》』と『最勝四天王院障子和歌《さいしょうしてんのういんしょうじ》』を取り上げよう。

『元久詩歌合』は、元久二年（一二〇五）六月十五日に行われた。七言の漢詩句二句と和歌一首とを番わせるという、斬新極まりない試みである。「水郷春望」題で詠まれた、後鳥羽院の著名な歌の番を見よう。

　　卅七番　左　　　　　　　　　　親経《ちかつね》

湖南湖北山千里　潮去潮来浪幾重（七三）

　　右　　　　　　　　　　　　　御製

見渡せば山本かすむ水無瀬川《みなせがわ》夕は秋となに思ひけん（七四、新古今集・春上・三六・後鳥羽院）

左の漢詩句は、洞庭湖などの中国の湖のほとりの、茫茫と広がる山水の風景を描いている、一方後鳥羽院の作は、院自身が愛してやまなかった、水無瀬離宮からの風景を詠んでいる。水無瀬離宮の跡地には、現在水無瀬神宮（大阪府三島郡島本町）が建っている。水無瀬離宮は、後鳥羽院にとって、政治と文化の拠点となる景勝の地であった。「夕は秋となに思ひけん」というのは、『枕草子』序段に語られている「秋は夕暮」の美意識に対して、春の夕暮れの風景もこんなに美しいではないか、と異を唱えているのである。もちろんそれは、古人に寄り添い、古典をより所にしながら、自分たちの新しさを主張しているのである。古歌・古典は、自分の個性を表出するための媒介なのであった。

＊『最勝四天王院障子和歌』は最後の改訂ための作品となった

最後に、『最勝四天王院障子和歌』を取り上げよう。承元《じょうげん》元年（一二〇七）、後鳥羽院の勅願によって、三条白河の地に最勝四天王院が建立された。その建物の内部の障子（現在の襖）には、日本全国四十六箇所の名所の絵が描かれ、その名所を詠んだ和歌も添えられることとなった。和歌を用意するために、歌人十人が四十六の名所の歌を詠んで競作した。作者は、院自身や、通具を除く撰者、慈円、俊成女など。選ばれるのは一首だけだから、たいへんな贅沢であり、後鳥羽院ならではのアイデアと言えそうである。

吉野山が描かれた障子の歌は、後鳥羽院その人の歌であった。

み吉野の高嶺のさくら散りにけり嵐も白き春の曙（春下・一三三・後鳥羽院）

花で名高く、しかも王権の原郷ともいうべき吉野。その吉野の花の散る光景を、絵画的に、しかも嵐の動きも添えて詠み込んでおり、絵と一体になって生動するよう計算されているということができる。それは、「鳴海潟《なるみがた》」を詠んだ藤原秀能《ふじわらのひでよし》にも通じている。

風ふけばよそになるみのかた思ひ思はぬ浪に鳴く千鳥かな（冬・六四九・藤原秀能）

鳴海潟は、潮が引いた時だけ通れる、深い入江になっている。そのイメージを利用して、風が波を運んで、鳴海潟を離れなければならなくなって鳴く千鳥を、障害のために恋しく思う人から遠ざからざるをえない嘆きによそえている。「鳴海・成る身」「潟・片」の掛詞も巧みで、流麗なしらべをもっている歌である。秀能は、北面の武士という低い身分であったが、院に寵愛され、その抜擢によって、和歌所の寄人にまで上りつめた人物であった。結局この催しからは一三首が『新古今集』に切り入れられた。

＊模倣こそ創造である

新古今時代の和歌は、技法的には本歌取りによって特徴付けられる。『新古今集』はその文学的傾向をはっきりと反映したものになっている。明確に特定の本歌をふまえている歌ではなくても、平安時代までの文学伝統をしっかりと受け止め、それを自分たちの表現のよりどころにしているという点ではすべてに共通すると言ってよい。新風歌人にしても、その成果を吸収した後鳥羽院にしても、自分たちの新しさを押し出すために、古典を踏まえたのだった。古歌や古典は、創造の糧であったということができよう。

《引用本文と、主な参考文献》

・久保田淳訳注『新古今和歌集』上下（角川ソフィア文庫、二〇〇七年）を使用した。
・渡部泰明ほか『天皇の歴史10　天皇と芸能』（講談社学術文庫、二〇一八）所収の「天皇と和歌」の中で、新古今時代の後鳥羽院の活動についてまとめている。

《発展学習の手引き》

・新古今時代についてはかなり研究が深められていて、専門的な研究書も数多い。ここでは、入手しやすく、読みやすいものとして、久保田淳『藤原定家』（ちくま学芸文庫、一九九四）、田渕句美子『新古今集　後鳥羽院と定家の時代』（角川選書、二〇一〇）、五味文彦『藤原定家の時代　中世文化の空間』（岩波新書、二〇一四）、丸谷才一『後鳥羽院』（ちくま学芸文庫、二〇一三）、渡邉裕美子『歌が権力の象徴になるとき　屏風歌・障子歌の世界』（角川叢書、二〇一一）を挙げておきたい。

10 二条為世と和歌四天王

《目標・ポイント》 鎌倉時代の終わりごろから南北朝時代にかけて、和歌の正統を担ったのは二条家であり、その中で二条為世の門弟、とくに和歌四天王と呼ばれた歌人たちの活躍が目立っていた。彼らは和歌普及の役割を果たした。

《キーワード》 二条為世、和歌四天王、頓阿、兼好、浄弁、慶運、二条良基

1 和歌四天王の時代

＊広がりゆく歌の世界

和歌は古代社会の産物であった。しかし古代が終わり、中世に入っても滅びなかった。むしろ、その担い手を幅広い階層に広げ、いっそう数多く詠まれるようになった。なぜだろうか。

一つは、和歌を中心になって支え続ける、歌の家が確立したことである。平安時代にも、歌を得意とする家柄はあったが、鎌倉時代以降、それが社会的によりはっきり認知され、経済的にも確立するようになった。その一大権威となったのが、御子左家《みこひだりけ》と呼ばれる、藤原俊成《ふじわらのしゅんぜい》・定家《ていか》父子の子孫たちであった。『千載集《せんざいしゅう》』（俊成撰）以後の代々の勅撰集は、最後の『新続古今集《しんしょくこきんしゅう》』を除いて、全て

御子左家の出身の者が撰者になる――少なくとも撰者の一人に加わる――ことによって成立した。定家が『新古今集』・『新勅撰集』の二代の撰者になった後、定家の子の為家《ためいえ》が『続後撰集』『続古今集』、為家の子の為氏《ためうじ》が『続拾遺集』、為氏の子の為世《ためよ》が『新後撰集』のそれぞれ撰者となったという具合に、勅撰和歌集撰者の地位が、嫡男に受け継がれていった。為家・為氏・為世らは、和歌の世界の第一人者――後に宗匠《そうしょう》と呼ばれたので、ここでもそう呼ぼう――として敬意を集めた。

しかしそれはあくまで宮廷周辺の貴族社会のことであった。和歌を詠む階層は急速に広がり始めていた。その階層と宗匠とをつなぐ役割をする人物が不可欠であった。その典型的な例を、二条為世とその門下の弟子に見ることができる。その中では和歌四天王と呼ばれた門弟たちが著名である。彼らはどのように歌の世界を広げていたのか。

＊二条為世『和歌庭訓』に見える余情論

まず二条為世を取り上げよう。御子左家はこの為世の時代に、二条家・京極家・冷泉家《れいぜい》に分裂していた。その嫡流が二条家である。為世の歌学書に『和歌庭訓《ていきん》』があり、そこに彼の和歌観が端的に表れているので紹介したい。『和歌庭訓』の中に、「余情の事」という一項がある。和歌の達人になれば、その歌には余情がある、余情とは言外に多くの情趣が込められることだ、と述べて、次の歌を例に挙げる。

人問はば見ずとやいはん玉津島霞む入江の春の曙（続後撰集・春上・四一・為氏）

この歌は、為氏が二十九歳の時に詠んだもので、為氏の父為家が撰者となった『続後撰集』に入集している。つまり若き跡取り息子の歌を、父親が選び入れたのである。この歌について、為氏の嫡男の為世は、「玉津島の有様を細かに詠じたらんよりも、彼の浦の景気まなこに浮びて、多くの風情こもりて聞こゆるなり。大方歌の徳は、わずかに三十一字のうちに多くの心を詠み表すを徳とす」と述べている。歌というものは、この歌のように、たった三十一文字の中にたくさんの情趣を込めうるのが長所なのである、と言うのである。たとえばこの歌はどういう「心」を込めているのか。

実はこの為氏の歌を、為世は『和歌庭訓』の中でもう一度引用している。本歌取りを説明する箇所である。この歌は、『万葉集』の、

玉津島よく見ていませあをによし奈良なる人の待ちとはばいかに（巻七・一二一五・作者未詳）

（玉津島をよくよく見ていらっしゃい。奈良のお家の方が待ち構えて尋ねたらどう答えますか）

をふまえている、この本歌自体は大した歌ではないのに、見事に傑出した歌に取りなしていると、本歌取りの技量を絶賛している。「故郷の人が、玉津島はどうでしたか、と尋ねたらどう答えるか」という本歌に対して、「見ず」と答えようか、と詠んでいる点がポイントである。霞で隠されて見えないことと、余りに素晴らしくて言葉に出来ないことが、巧みに重ね合わされているのである。

為世の高弟の頓阿《とんあ》の歌学書『井蛙抄《せいあしょう》』に、この歌が出来上がる裏話が掲載されている。実は為氏が最初にこの歌を詠んだ時には、第二句が「見つとやいはん」であったというのだ。霞がかかってよく見えないので、土産話をしたいが、「見たといえようかなあ」という形だったが、為家の指導

によって「見ず」に変えたというのである。「見つ」を「見ず」と、たった一文字変えるだけで、言語を絶した美しさをも言外に漂わせることができる。和歌の言葉が深められていく過程が、生き生きと伝わってくる話だ。師の指導の大切さも自然と伝わるだろう。指導の中で、和歌が深まっていくのである。それが中世和歌の保守本流の思想であったといってよい。深まるという過程の中に和歌の大切なものがある。深めるという行為の中に和歌をめぐる人間の問題がある。それは修行と和歌が結びつくこととなる。和歌は再び生きることとの深い関係を取り戻していったのである。

2　頓阿法師

＊和歌四天王たち

兼好《けんこう》法師の『徒然草』は、いまでこそ有名であるが、中世において現在知られている中で初めてこの作品に言及したのは、百年ほど後の時代の正徹《しょうてつ》の歌論『正徹物語』である。

「花は盛りに、月はくまなきをのみ見るものかは」と兼好が書きたるやうなる心根を持ちたる者は、世間にただ一人ならではなきなり。この心は生得にてあるなり。…随分の歌仙にて、頓阿・慶運《けいうん》・静弁《じょうべん》・兼好とて、その頃四天王にてありしなり。

『徒然草』百三十七段の一文を引いて絶賛したのち、頓阿・慶運・静弁（通常は、「浄弁《じょうべん》」と記す）・兼好が、「四天王」と呼ばれる優れた歌人として知られていたことを記している。彼らは皆二条為世の弟子なので、為世門の四天王とも言われる。あるいはまた、こういう証言もある。

そのころは、頓・慶・兼三人、何も何も上手といはれしなり。頓阿は、かかり幽玄に、すがたなだらかに、ことごとしくなくて、しかも歌ごとに一かどめづらしく当座の感もありしにや。慶運は、たけをこのみ、物さびて、ちと古体にかかりて、すがた心はたらきて、耳にたつやうに侍し也。為定《ためさだ》大納言は事のほかに慶運をほめられき。されども人の口にある歌どもおほく侍るなり。兼好はこの中にちと劣りたるやうに人も存ぜしやらん。「（ゆきくるる雲路の末に宿なくは）都にかへれ春の雁がね」、この歌は頓も慶もほめ申き。ちと誹諧の体をぞよみし。それはいたくの事もなかりしなり。

頓阿と交流のあった、二条良基《にじょうよしもと》の歌学書『近来風体《きんらいふうてい》』の中の言葉である。二条良基は、この南北朝時代最高の文化人といってよい存在だから、その判断はかなり信頼できる。引用部冒頭の「そのころ」とは、貞和《じょうわ》年間（一三四五〜一三四九）のこと。南北朝時代の中では珍しく平和が保たれた時期で、和歌活動も活発だった。そんな中での彼らそれぞれの、歌人としての個性がよく伝わってくる記述である。

＊頓阿の目指した和歌

ここでは頓阿について注目しよう。頓阿は、声調・しらべ（言葉の運び具合・言葉のメロディ）がえもいえず優美で、一首全体の印象も滑らかで（停滞したところや屈折したところがなく）、これ見よがしな大げさな表現を用いず、でありながらも、詠む歌ごとにひときわ目立つ新鮮さがあって、同席した人々を感動させていた、と言われている。全体が優美でありながら、新鮮な珍しさも感じさせる歌を詠んでいたというのだから、かなりの絶賛といえよう。
また同書は、次のような頓阿の和歌観を伝えている。

一、頓阿つねに申し侍し。あたらしき心をやすらかにことごとしくならで、うつくしくつづくべしと申しき。ことごとしくはねたる歌をば、甘心せざるよし申しき。

頓阿は、新しさのある趣旨を穏当に、大げさにならないように、端正に言葉をつなげよと言ったという。大仰で突飛な歌には批判的だった、というのである。創作と批評・教育が見事に一体化していることがわかる。

＊『愚問賢注』より

そこで、頓阿が二条良基の和歌を詠む際の疑問に答えた、『愚問賢注《ぐもんけんちゅう》』を取り上げよう。まず質問者良基は、二つの対立する意見を引き合いに出し、どちらが正しいか、と質問する。その一つ目はこうである。「花に鳴く鶯」や「水に住む蛙」の声も歌謡でないものはないのだから、およそ歌というものは、物事に接して情感を表現する以外にはない。『万葉集』や三代集（古今集・後撰集・拾遺集）といっても、いにしえの聖人の残り糟に過ぎない。「ただ風雲草木に対して眼前の風景をありのままに詠ずれば、をのづから発明の期《ご》あるべし」という。「発明の期」とは、新しいものを生み出す時のこと。だからむやみに古語を用い、古い書物を学ぶ必要はない。自分の胸中から新しい趣を考え出して、それをありのままに表現するべきだ、というのである。おそらく、当時勢いをもっていた、京極派の考え方を念頭においているのだろう。

これに対抗する意見は次のごとくである。たしかに『詩経』もいうように「詩は志のゆくところ」ではあるのだが、「志のゆくところ」には事情があるのであって、ただ胸中に動く情を表現するのではなく、「風情の行く所」があるはずだ、というのだ。すなわち内容の味わいにも方向性があるはずだ、ということである。「天地を動かし、鬼神を感ぜしむる」と『古今集』仮名序にいうけれども、そのためには「文華をかざり風情を求むべし」ともいう。だからこそ、『万葉集』の古語を学び、三代集の優美な言葉を学ぶのだ、とするのである。結局それは、「俗言俗態」を遠ざけることにつながっていくのである。日常的な現実から離れることが求められていると言ってよいだろう。単なる感情・心情ではなく、風情、すなわち情趣が表現されなければならない。なぜだろうか。

・三代集は明時の正雅なり、尤も軌範とすべし。
・(今の風物への感動を詠んだ多くの歌は)いたづらに艶言をのみつくして政事をただすことはなし。
・しかあれどもいにしへの聖の御かど、人の賢愚をかがみ、世の興廃をただすといへり。尤も正雅の趣をえて変風の体をきらふべきなり。

などの言い方からすれば、世の中の正しさが和歌の正しさに現れるからだ、という理由らしい。「風情」とは、正された心なのだろう。かなり和歌を倫理的に捉えた見方だ。力の入れ方から見て、良基がこちらの見解の側に立っていることが察せられる。

歌は風雲草木の興にうちむかひて案ずべきにや。古歌の材木にて、はじめより歌を詠まむとせんには、よき歌出でくべからず。但し、先達の歌に向かへる心地、又詠める姿詞を見習はむためには、古歌をもつねに見侍るべし。一向に見て用なしと申すも、又ものを見たる才学にて詠むべしと申すも、ともにたがひ侍るべきか。

これは、頓阿の発言である。先人の歌を詠もうとしてどのように心を巡らせたか、そしてその結果どのような表現を獲得したか、それをよく見習うためにこそ古歌を学べ、という。ここに核心があろう。

3　兼好法師

＊兼好の和歌と『徒然草』

正徹も引用して絶賛していた、『徒然草』百三十七段を見てみよう。

花は盛りに、月は隈なきをのみ見る物かは。雨に向かひて月を恋ひ、垂れこめて春の行方知らぬも、なほあはれに、なさけ深し。咲きぬべきほどの梢、散りしをれたる庭などこそ、見どころ多けれ。歌の事書にも、「花見にまかれりけるに、はやく散り過ぎにければ」とも、「障ることありて、まからで」なども書けるは、「花を見て」と言へるに劣れることかは。花の散り、月の傾くを慕ふならひはさることなれど、ことに頑なる人ぞ、「この枝かの枝散りにけり。今は見どころなし」などは言ふめる。

（新日本古典文学大系による）

和歌の「事書」（詞書）が例示されていることに気をつけておきたい。本段の発想や叙述が、和歌と深く関わることの証左である。中でも、「歌の事書に、「花見にまかれりけるに、はやく散り過ぎにければ」とも…なども書けるは、「花を見て」と言へるに劣れることかは。」の部分、また、「ことに頑なる人ぞ、「この枝かの枝散りにけり。今は見どころなし」などは言ふめる。」に注目してみたい。それは、『兼好法師集』の次の贈答との関係を考えるからである。

神無月のころ、初瀬《はつせ》にまうで侍しに、入道大納言「紅葉折りて来《こ》」と仰せられしかば、めでたき枝に檜原《ひばら》折りかざして持たせたれど、道すがらみな散り過ぎたるを奉るとて
世にしらず見えし梢は初瀬山君にかたらむ言の葉もなし（兼好集・一〇六）

返し
こもりえの初瀬の檜原折りそふる紅葉にまさる君が言の葉（兼好集・一〇七）

神無月のころ、兼好は長谷寺に参詣する機会を得た。この時「入道大納言」すなわち兼好の師二条為世は、紅葉を折って土産にせよ、と命じる。これは弟子への一種のテストではなかったろうか。紅葉の土産には、歌を詠むことも求められていた、と想像されるのである。兼好はまず、歌枕「初瀬」に関わり深い景物である檜原と紅葉を抱き合わせる趣向を考えついた。その趣向を具体的に表す土産をこしらえた上で、おそらくそれに見合う和歌を詠んだ。しかしせっかくのアイデアも、従者に持たせた紅葉が散ってしまう事故が起こる。窮余の一策、新たに和歌を作り直す。この世にまたとない初瀬山の紅葉のこと、あなたに語ろうにも言葉もないという具合なのです、と詠み添え、

結局、師為世から称賛の和歌を与えられたのである。

「世にしらず…」「こもりえの…」の贈答の背景をもう少し探ってみよう。初瀬山の紅葉は、古く『万葉集』に歌われている（巻八・一五八三・坂上郎女《さかのうえのいらつめ》）。この歌は、

こもりえの初瀬の山は色づきぬ時雨の雨はふりにけらしも（続古今集・秋下・五一二・坂上郎女）

と『続古今集』に入集している。さらに、一首を本歌取りした、源通親《みなもとのみちちか》の正治初度百首歌、

こもりえの杉のみどりはかはらねど初瀬の山は色づきにけり（続後撰集・秋下・四一三）

も『続後撰集』に入っている。鎌倉時代に関心が高まっているのである。坂上郎女の万葉歌への注目と初瀬の紅葉への関心は、連動していると見てよいだろう。先ほどテストと述べたが、為世はこうした和歌史の状況をふまえ、兼好がどういう和歌を詠むか試したのではなかったろうか。そして、初瀬の常緑樹と紅葉を対比する通親の歌の発想などは、兼好の土産の着想に影響を与えた可能性もある。また初瀬の檜原の方は、

まきもくの檜原のいまだくもらねば小松が原に淡雪ぞふる（新古今集・春上・二〇・大伴家持《おおとものやかもち》）

の形で『新古今集』に取られた、『万葉集』（巻十・二二一四・作者未詳）由来の歌で著名である。兼好は、通親の歌などにも助けられつつ、檜原の中の紅葉を詠むことで、右の二つの古代の歌を抱き合わせにする工夫を思いついたのだろう。たしかに中世歌人の関心に即した趣向ではあるが、もしこれがうまくいったとしても、特記するほどもない座興で終わっていたかもしれない。むしろアクシデントがありながらも、窮地を好機に変える逆転の発想を見せたからこそ、為世は称賛したのだといえよう。『徒然草』第百三十七段の言葉を利用すれば、「この枝散りにけり」と見捨ててしまうような「頑な」さに縛られず、「紅葉を折りけるに、はやく散り過ぎにければ」などという状況ででもあるかのように歌を詠もうとしたことになる。といって必ずしも、この為世との贈答が第百三十七段を生みだす原因となった、と決めつけたいわけではない。こういう体験が積み重なって、表現に対するある種の確信を兼好の内部に育てたのではないか、その確信こそ、『徒然草』の発想や筆法を生みだしたものと密接につながるのではないか、と思うからなのである。

『兼好法師集』一〇六・一〇七番の贈答と、『徒然草』第百三十七段には共通する発想がある。確かにこの世は不定であり、無常である。しかし不定であり、無常であるからこそ、表現のチャンスが生まれる、という発想である。無常こそが新たな着想や表現を生み出す契機になるという、いわば実践的無常観とでも呼びたくなる思想を、ここに垣間見てみたい。『徒然草』に見られる無常観は、けっして嘆き悲しむばかりの消極的なものではない。むしろ無常な世にどうやって生きる意味を見いだすか、という発見への意志に満ちている。その意志は、和歌によって培われた面があると考えられるのである。

＊兼好法師の歌

兼好の歌をいくつか見てみよう。

人に知られじと思ふころ、ふるさと人の横河《よかわ》までたづねきて、世の中のことどもいふ、いとうるさし

年経れば問ひこぬ人もなかりけり世の隠れがと思ふ山路を（一三〇）

されど、帰りぬるあと、いとさうざうし

山里は問はれぬよりも問ふ人の帰りてのちぞさびしかりける（一三一）

いかなる折にか、恋しき時もあり

嵐吹く深山の庵の夕暮れをふるさと人は来ても問はなん（一三二）

兼好は、人間関係の全てを断ち切って、誰にも秘密にと、比叡山の横河に籠もって修行していた。ところがどうやって聞きつけたか、なじみの人がやってきて、世間話などをしていく。なんとも邪魔でうるさい、と嘆く。しかし、その客が帰ると、寂しさに襲われる。それは誰にも問われない以上の寂しさだと歌う。また、嵐の吹き荒れる夕暮れ時など、わけもなく昔なじみが恋しいときもある。自分でも情けないようなその思いを率直に吐露する。この一連の三首の主題は、人の心の動きそのものにあるのだろう。人や俗世とのほだしを裁ち切り、煩悩を脱しようとして籠居し、かえって人を求めてしまうという心の動きである。そのような心を歌にすることで、心は静謐へと向かっていく。

いづ方にも又行き隠れなばやと思ひながら、いまは身を心にまかせたれば、なかなかおこたりてのみぞ過ぎゆく

そむく身はさすがにやすきあらましに猶山深き宿もいそがず（二二三二）

もっと人里離れた山奥で修行生活を送り、解脱の境地を深めよう、と思っていた。しかしやがて、こういう場所でなければということだわりはうすらいでゆく。そうできる境遇なのだから、必要になったらそうすればよい、という自足の境地である。むしろそれは心が澄んできたことの証しでもある。これらの歌は、『徒然草』からうかがえる、心の観察者のあり方に通じるものがある。『徒然草』が読者の心を惹きつけたように、こういう観察眼をもつ人の言葉は、多くの人を魅了したであろう。彼もまた和歌の普及に尽力した人物だと想像されるのである。

＊浄弁の歌

浄弁は、康元《こうげん》元年（一二五六）ごろに生まれ、康永《こうえい》三年（一三四四）以降に没したかと推定されている。比叡山の僧で法印権少僧都《ほういんごんのしょうそうず》に至った僧侶歌人である。『古今集』の注釈書も著している。『新千載集』など勅撰集に入集した四首を挙げてみよう。

擣衣《とうい》をよめる　　法印浄弁

色かはる小野の浅茅の初霜に一夜もかれずうつ衣かな（新千載集・秋下・五一一）

上句は、「かれず」を導く序詞のような働きをしている。浅茅が初霜にうら枯れていくことと、

毎晩休むことなく衣を擣《う》っていることが重ねられている。それとともに、「かれず」は夫を思う女性の誠意をも表している。そして上句の風景は、いかにも衣が必要となる寒々とした季節の様子を表してもいる。さまざまな要素を、かなり凝縮的に盛り込んでいるが、混雑した感じはしない。巧みである。

月前忍恋といへることを　　法印浄弁
もらすなよ露のよすがの袖の月草葉の外にやどりありとは（同・恋一・一一三九）

我が袖の恋の涙を寄るべとして月が宿る。漏らすな、という願いが草葉の露とうまく響き合い、露が醸し出すはかなさともよく連動している。

題しらず　　法印浄弁
杉たてる門田の面《おも》の秋風に月影さむき三輪の山本（新拾遺集・秋下・四三三）

「わが庵は三輪の山もと恋しくはとぶらひ来ませ杉立てる門」（古今集・雑下・九八二・読人知らず）の本歌取りである。本歌は尋ねていくことが主軸となっており、これを本歌取りする場合も基本的にそれを引き継ぐことが多い。しかし、浄弁の歌には、表面上そうした人間関係の情は拭い去られている。それゆえ、誰も訪れてこず、ただ月だけが寒々と照らしている、という風景を描き出している。切れ味の鋭い本歌取りである。

閑居雪を　　　　　　　　　　　　　　　法印浄弁

山ふかき住みかならずは庭の雪に問はれぬまでも跡や待たれん（新後拾遺集・冬・五五四）

深々と雪が降り、山奥の住まいには、ますます人の訪れを期待することもなくなった。煩わされるもののない自足した状況を歌っている。それは中世の人々の理想の生活でもあったろう。また、彼の物数の多い、イメージの豊富な詠み口は、当時流行していた連歌を意識しているように思われる。

＊慶運の和歌

慶運は生没年未詳ながら、応安《おうあん》二年（一三六九）には生存していて、この時七十歳を超えていたかと推測される。

　　　　　　　　　　法印慶運

庵むすぶ山の裾野の夕ひばり上がるも落つる声かとぞ聞く（新後拾遺集・雑春・六四一）

雲雀の歌。「上がるも落つる」という意表を突く表現が狙いである。雲雀は空高く飛び上がる鳥として詠むのが通例である。裾野から雲雀が上がるが、それが落ちるかのように聞こえる、それだけ山の深い所に住んでいる、ということを表そうとしたのだろう。

山を　　　　　　　　　　権律師《ごんのりつし》慶運

塵の身ぞ置き所なき白雲のたなびく山の奥はあれども（風雅集・雑中・一七四六）

塵のような穢れた取るに足りない存在である自分は、きっぱりと山奥に隠棲する決意もつかない、と述懐している。「置き」は塵の縁語である。塵と白雲のたなびく白雲との結びつきは、実は『古今集』仮名序にある。

遠き所も、出で立つ足もとより始まりて、年月をわたり、高き山も、麓の塵泥《ひじ》よりなりて、天雲たなびくまでおひのぼれるごとくに、この歌もかくのごとくなるべし。

塵が山になるというのは、和歌が普及してきたことの形容であった。それを遁世生活に用いるのは、なんとも斬新である。慶運の歌の特徴は、こういう着想の新しさにあるようである。

和歌四天王は、いずれも法体の歌人である。彼らの和歌の基軸にあるのは、隠棲・閑居する主体であり、季節の歌でさえ、そういう脱俗を目指す主体によって捉えられた風景であることが少なくない。それらは、当時の人々の和歌への憧れを誘うものだったのではないだろうか。

《引用本文と、主な参考文献》

・勅撰集は『新編国歌大観』第一巻（角川書店、一九八三年）、私家集は同第三巻（角川書店、一九八五年）によった。『和歌庭訓』『愚問賢注』『近来風体』『井蛙抄』は、『歌論歌学集成 第十巻』（三弥井書店、一九九九年）によった。

《発展学習の手引き》

・当該分野の注釈としては、新日本古典文学大系『中世和歌集 室町篇』（岩波書店、一九九〇年）、和歌文学大系65『草庵集・兼好法師集・浄弁集・慶運集』（明治書院、二〇〇四年）がある。研究としては、石田吉貞『頓阿・慶運』（三省堂、一九四三年）、久保田淳『中世文学の世界』（東京大学出版会、一九七二年、新装版、二〇一四年）所収「心と詞覚え書」）、稲田利徳『和歌四天王の研究』（笠間書院、一九九九年）をまず参照するとよい。

11 京極派の活動

《目標・ポイント》 十四世紀に突然のように登場した、京極派という歌人集団があった。きわめて個性的な和歌を詠み、『玉葉和歌集』『風雅和歌集』の二つの勅撰集を残して、消えていった。彼らの叙景的といわれる表現の特徴と、その背景を考える。

《キーワード》 京極為兼、伏見天皇、『玉葉和歌集』、花園院、光厳院、『風雅和歌集』、南北朝時代

1 前期京極派の活動

＊分裂する皇統と歌道家

中世は分裂と対立の時代である。あらゆる階層、すべての分野で、人々は激しく自己主張し、覇権を競い合った。鎌倉時代も後期となると、平和と調和を標榜しているはずの宮廷でも、そして宮廷を中心とした和歌の世界でも、分裂・対立を免れなかった。たとえば、後嵯峨《ごさが》天皇の皇子からは、後深草《ごふかくさ》天皇とその弟の亀山《かめやま》天皇の二人の天皇が即位した。前者の家柄は持明院《じみょういん》統、後者の家系は大覚寺《だいかくじ》統と呼ばれて各々正統性を主張、それぞれから天皇を交互に出す、という事態にまで発展し

た。亀山天皇の後はその子後宇多《ごうだ》天皇が継ぎ、院政を亀山院が行ったが、その次は後深草天皇の後嗣である伏見《ふしみ》天皇が位に即き、後深草院が治天の君（院政担当者）となった。伏見天皇の後は後伏見《ごふしみ》天皇、その次は後宇多天皇の息子、後二条《ごにじょう》天皇であった。

また、藤原定家の子孫である歌道家御子左家も、この少し前から三家に分裂していた。嫡流である二条家と、庶流である京極家・冷泉家である。その京極家から出た京極為兼《きょうごくためかね》は、伏見天皇の歌の師となり、政治的にも天皇に密着し、庶流出身のハンディを乗り越えようとした。佐渡へ配流されるなどの挫折をも乗り越え、ついに、史上最大規模の勅撰和歌集、『玉葉和歌集』を単独で選定することとなる。正和《しょうわ》元年（一三一二）のことである。

＊『玉葉和歌集』の秀歌

永福門院《えいふくもんいん》
木々の心花ちかからし昨日けふ世はうすぐもり春雨のふる（春上・一三二）

秋歌とて　永福門院内侍《ないし》
吹きしほる四方の草木のうら葉みえて風にしらめる秋の明ぼの（秋上・五四二）

いなづまを　院御製（伏見院）
宵のまのむら雲つたひかげ見えて山の端めぐる秋の稲妻（秋上・六二八）

月五十首御歌中に　永福門院
秋風は軒ばの松をしほる夜に月は雲ゐをのどかにぞ行く（秋下・六七七）

雪題をさぐりて歌つかうまつり侍りし時、冬木といふことを　前大納言為兼《ためかね》
木の葉なきむなしき枝に年暮れてまた芽ぐむべき春ぞちかづく（冬・一〇二二）

　　　　　　　　　　従三位親子《しんし》
さてしもははてぬならひのあはれさの馴れ行くままになほ思はるる（恋三・一五〇三）
　　　　　　　　　永福門院
かくばかり憂きがうへだにあはれなりあはれなりせばいかがあらまし（恋四・一七〇四）
　夜路といふことを　　院御製
ふけぬるか過ぎ行くやどもしづまりて月の夜みちにあふ人もなし（雑二・二一六三）

はじめの五首は、風景の動きを細やかに表している。風景に主眼があるというよりも、それを眺めている作者の「心の動き」の軌跡がたどられている、という感じである。風景が心と呼応し同調している、その有様を描こうとしたのだろう。恋歌となると、さらに心の動きの軌跡を丁寧にたどることになる。具体的な描写は、この世界をつかさどっている大きな力を立ち現すよう、その構図が工夫されている。そして作者の心は、その力と一体になろうとする。京極派の人々は強く結束してそのような詠法へと歩調を揃えようとしているのである。

2　後期京極派の活動

＊『風雅和歌集』選定の経緯

天皇親政を強力に推し進めた後醍醐《ごだいご》天皇の建武の新政も、建武《けんむ》三年（一三三六年、延元《えんげん》元年）十二月に、天皇が吉野に遷って瓦解し、世に言う南北朝時代となった。北朝では、足利尊氏《あしかがたかうじ》将軍のもと、光明《こうみょう》天皇が即位し、院政は伏見院の孫、光厳院《こうごんいん》が行った。政治的に落ち着きを見せ始めた康永《こうえい》三年（一三四四）、光厳院は、勅撰集の撰集を思い立つ。そこには平和を強く祈念する思いがあったであろう。叔父の花園院《はなぞのいん》を監修者として仰ぎつつも、光厳院自ら実質的な撰者となったと思われる。貞和《じょうわ》二年（一三四六）には、完成披露パーティである竟宴が行われたが、この時はまだ序と春上ができあがっていただけであった。貞和五年（一三四九）にはほぼ完成したらしい。翌観応《かんおう》元年（一一五〇）には、室町幕府の内乱である観応の擾乱《じょうらん》が勃発し、光厳院自身も南朝の俘虜の身となり、京極派の組織は瓦解した。つまり『風雅和歌集』は京極派の活動の最後の所産であったといいうる。しかも、本集は入集数上位十三名のうち、十名を京極派の歌人で占めるなど、自らの活動を強烈なまでに世に示そうとしており、京極派和歌の集大成と呼べる勅撰和歌集となっている。

＊風雅和歌集の秀歌

まずは、もっとも京極派の特徴が顕れているとされる、四季歌を見てみよう。

霞たちこほりもとけぬ天地《あめつち》の心も春をおしてうくれば（六・伏見院）
みどりこき霞の下の山の端にうすき柳の色ぞこもれる（九一・花園院）
つばくらめ簾の外にあまたみえて春日のどけみ人かげもせず（一二九・光厳院）
雨はれて露吹き払ふ梢より風にみだるる蝉のもろ声（四一八・進子内親王《しんしないしんのう》）
ふけぬなり星合の空に月は入りて秋風うごく庭のともし火（四七一・光厳院）
ま萩ちる庭の秋風身にしみて夕日のかげぞ壁に消え行く（四七八・永福門院）
にほひしらみ月のちかづく山の端の光によわる稲妻のかげ（五七六・伏見院）
わが心澄めるばかりに更けはてて月を忘れて向かふ夜の月（六一一・花園院）

山あらしにうき行く雲の一とほり日かげさながらしぐれふるなり（七三一・儀子《ぎし》内親王）
さむき雨は枯野の原に降りしめて山松かぜの音だにもせず（七九七・永福門院）
み雪降る枯木の末のさむけきに翼を垂れてからす鳴くなり（八四六・花園院一条）
さむからし民の藁屋《わらや》を思ふには衾《ふすま》の中の我もはづかし（八八〇・光厳院）

現代の私達にも感覚的に理解しやすい、風景表現が中心となっている。叙景歌ともいわれる。筆者はかつて『和歌文学の世界』の中で、「自然の力に人の心が呼応するような状態に、歌の理想を見ているのであろう。正しくは、人が自然すなわち世界を支配する力に感応しつつ生きること、そこに人の理想の状態を託しているのだろう」と述べた。京極派の和歌が、一見すると感覚的なようでいて、実は世界や人間についての、深々とした観念を背後に抱えていることに注目したいという意図であった。つまり京極派の和歌はかなり思想的な作品なのである。

表現方法として注目したいのは、「あわい」へのこだわりである。一つの物事が、別の空間に移動しようとする、あるいはそのものにまつわる時間が移り変わろうとする、その微妙な地点に感覚が集中している。これは物事の、時間的・空間的な変化の「あわい」といえる。それとは別に、作者自身と外界との関係性そのものに関心を据える方法が見られる。我は無に近づき、消え失せようとし、外界が我の内部に流れ込んでくる。自分でありながら、外界でもあるような、そんな作者の姿が現れてくる。普段の自分ではなくなり、外界が外部の世界ではなくなる、といってもよい。これも我と世界の関係、という「あわい」への固執といってよいだろう。和歌の歴史をひもとくと、こうした「あわい」すなわち境界領域そのものに強いこだわりをもつ歌人たちが折々に登場する。

彼等はおしなべて独特な創造性を発揮して、和歌史に個性的な地位を占めている。京極派はそれを集団として達成したといえよう。

＊京極派の心理分析的な恋歌

いつとなく硯に向かふ手習ひよ人にいふべき思ひならねば（九七七・徽安門院《きあんもんいん》）
人よまして心のそこのあはれをば我にてしらぬ奥ものこるを（一一四〇・花園院）
うきも契りつらきも契りよしさらばみなあはれにや思ひなさまし（一一六四・永福門院）
知らざりし深き限りはうつりはつる人にて人の見えけるものを（一三七六・光厳院）

京極派の恋の歌は、自分の心を自分で分析するような歌が多い。そのために恋歌としては理知性が表立って、恋の歌らしい情感に乏しい、と言われもする。たしかにその面は否めないが、それも思想性の強さゆえのことと見なせば、理解できよう。ややこしい人間関係に絡め取られた、この世を生きる人の普遍的な心を追求することが多く、相手に訴えかけるという恋歌本来の目的から離れがちになるのである。心の奥底、無意識の領域を彼等は求めた。もちろん、無意識は意識化できない。それはいつも意識の先にあるものだ。変化していく心を追い求め、無意識とのぎりぎりの「あわい」を詠み表すのが彼等の流儀であった。

＊雑の歌に見る思想性

花鳥の情けは上のすさびにて心のうちの春ぞものうき（一四五六・伏見院）

白みまさる空の緑はうすく見えて明け残る星の数ぞ消え行く（一六二七・花園院一条）
夜がらすは高き梢に鳴き落ちて月しづかなる暁の山（一六二九・光厳院）
山の端のながめにあたる夕ぐれに聞かで聞こゆる入相の音（一六六三・伏見院）
つくづくとひとり聞く夜の雨の音は降りをやむさへさびしかりけり（一六七〇・儀子内親王）
虹のたつ峰より雨は晴れそめてふもとの松をのぼる白雲（一六九六・藤原親行《ふじわらのちかゆき》）
物としてはかりがたしな弱き水に重き舟しも浮ぶと思へば（一七二七・為兼）
跡もなきしづが家居の竹の垣犬の声のみ奥深くして（一七七四・花園院）
照り曇り寒き暑きも時として民に心のやすむ間もなし（一七九七・光厳院）
治まらぬ世のための身ぞうれはしき身のための世はさもあらばあれ（一八〇七・光厳院）
　薬王品、是真精進、是名真法供養如来といへる心をよませたまひける
燕なく軒ばの夕日かげきえて柳にあをき庭の春風（二〇五六・花園院）
頼むまこと二つなければ石清水ひとつ流れにすむかとぞ思ふ（二一三四・光厳院）

「あわい」への関心の強さは、雑の歌でも明らかである。雑の歌であるから、風景を描いても、季節感には少なくとも重点はなくて、移ろい来たった物事のまさに変化して行こうとする一点を、それを全身で見聞きしている自分ごと、鋭く捉えている。雑では、とくにあちらとこちらの「あわい」にいる自分に重心が置かれているのである。

その他、為政者として、理想と現実のはざまに苦しむ自画像を描いた光厳院の歌が印象的である。それら思想性の露わな歌もまた、「あわい」を表現しているのであった。

3　光厳院の生涯と和歌

＊『風雅和歌集』への道程

『風雅和歌集』の実質的な撰者であった光厳院について、もう少し詳しく見てみることにしよう。

光厳天皇は、正和二年（一三一三）、後伏見院《ごふしみいん》の皇子として誕生した。母は女御で西園寺公衡《さいおんじきんひら》女の藤原寧子《ふじわらのねいし》（後の広義門院《こうぎもんいん》）である。このとき天皇位には後伏見の弟の花園院が即いていた。後伏見院に皇子がいないための、中継ぎ的な役割を与えられての処置だった。それだけ待望されての誕生であった。文保《ぶんぽう》元年（一三一七）、持明院統の中枢である伏見院が崩御した。翌文保二年（一三一八）、花園天皇は後醍醐天皇に譲位し、政権は持明院統から大覚寺統へと交替する。はじめ後宇多上皇が院政を行ったが、正中《しょうちゅう》元年（一三二四）六月に崩御してからは、後醍醐は天皇親政を積極的に推し進めるようになる。同年九月に発覚した正中の変と呼ばれる倒幕の計画は、密告によってついえ、後醍醐は弁明に努めてかろうじて咎めを逃れた。嘉暦《かりゃく》元年（一三二六）三月、春宮邦良《くによし》親王が二十七歳で急死する。これによって量仁《かずひと》親王（後の光厳天皇）が皇太子となる。

このころ花園院は、量仁親王の教育に尽力していたようである。たとえば元徳《げんとく》二年（一三三〇）には、『誡太子書』を表して、量仁親王に与えている。

> 下民の暗愚なる、これを導くに神祇を以てし、凡俗の無知なる、これを馭するに政術を以てす。苟《いやしく》も其の才無くんば、則ち其の位に処《を》るべからず。

と為政者としての天皇の資質を厳しく求めている。

翌年の元弘《げんこう》元年（一三三一）八月、いよいよ後醍醐の鎌倉幕府討伐の戦いが始まった。元弘の乱である。笠置山に逃れた後醍醐は幕府軍に捕縛される。この間の九月二十日、量仁親王が践祚《せんそ》し、光厳天皇となった。十九歳の時である。院政は父後伏見院が担った。

一方敗北して隠岐に配流された後醍醐天皇だったが、第一皇子護良《もりよし》親王や楠木正成《くすのきまさしげ》の反幕活動に乗じて、正慶《しょうけい》二年（一三三三）閏二月、隠岐を脱出、三月には後醍醐方についた赤松円心《あかまつえんしん》が京に攻め込み、光厳・後伏見・花園らは六波羅に避難した。足利高氏《あしかがたかうじ》（尊氏）も後醍醐方に転じ、六波羅包囲網がしかれる。六波羅を脱出し、軍勢に護衛されつつ鎌倉を目指した天皇・上皇らは、東山道の近江国番場の宿（現滋賀県米原市番場）までたどり着く。ここで立ちはだかった敵に進退窮まり、越後守仲時《なかとき》以下、都合四百三十二人、同時に腹を切ったという。それを語る『太平記』の場面を引用する。巻九「番馬にて腹切る事」である

血はその身を漬《ひた》して、黄河の如くなり。死骸は庭に充満して、屠所《としょ》の肉に異ならず。かの己亥《きがい》の乱に、五千の貂錦《ちょうきん》胡塵に亡じ、潼関《とうかん》の戦ひに、百万の士卒河水《かすい》に溺れけんも、これには過ぎじぞと覚えける。主上《しゅしょう》・上皇は、この死人どもの有様を御覧ずるに、肝心《きもごころ》も御身に添はず、ただあきれてぞ御座《おわ》しける。

酸鼻を極める光景の中に立ちすくむ、天皇・上皇等の姿を描いている。

その後光厳天皇は廃位され、入京した後醍醐は再び親政を開始する。いわゆる建武《けんむ》の新政である。

だがそれも長続きはせず、足利尊氏と衝突し、後醍醐は新田義貞《にったよしさだ》に尊氏追討の命を下す。尊氏はいったん敗北して九州に逃れる。その途上、光厳院は義貞討伐の院宣を与えている。軍勢を整え、建武三年（一三三六）京都を奪還した尊氏のもと、光厳院は六月には院政を再開し、八月に弟である光明天皇が践祚する。十二月には、後醍醐天皇が吉野へ潜幸する。南北朝時代の開始である。

この後小康を取り戻した持明院統の宮廷において和歌行事も活発化してきた。康永《こうえい》元年（一三四二）の十一月四日と二十一日に立て続いて行われた『持明院殿御歌合《じみょういんどのおんうたあわせ》』や、その翌年に花園院が主催した『院六首歌合』等が催された。『院六首歌合』は、「冬雲」「冬風」「恋始」「恋終」「雑色」「雑心」の六題で、三十二名の歌人で構成されている。「雑心」題の光厳院の歌を挙げておこう。

世もくもり人の心も濁れるは我が源の澄まぬなるべし（九十五番右勝）

そうした機運を受けて勅撰集選集の動きが本格化する。貞和《じょうわ》二年（一三四六）には、『貞和百首』が召され、三十二人から百首が提出された。『風雅和歌集』は貞和五年（一三四九）には完成していたと考えられている。

＊『風雅和歌集』以降の光厳院

『風雅和歌集』撰集までの人生も波乱に満ちていたが、これ以降の人生にはいっそうの激動が待ち構えていた。観応《かんおう》元年（一三五〇）観応の擾乱が勃発したのである。室町幕府は、足利尊氏・直義《ただよし》兄弟の二頭政治によって成り立っていたが、尊氏の執事高師直《こうのもろなお》と直義が対立し合うに及び、尊氏・直義の対立となった。尊氏・師直方に迫られて、光厳院が直義追討の院宣を出すに至って、直義は突如南朝に降伏するという挙に出た。両陣営は和議を結んだ後、師直は討たれた。再び尊氏側と直義側の緊張が高まると、観応二年（一三五一）十月、今度は尊氏が南朝に降参するという行動に出る。これによって、十一月、光厳の子である崇光《すこう》天皇が廃位される。翌年南朝の後村上《ごむらかみ》天皇は石清水八幡宮に陣営を敷き、ここに光厳院・光明院・崇光院・直仁《なおひと》親王を迎え、やがて北朝との戦乱が激化するに及んで、彼らを吉野の奥の賀名生《あのう》（現奈良県五條市）へと拉致し、幽閉するに至る。八月に光厳は、この地で出家を果たす。一方京では、唯一この地に残った光厳の三宮弥仁《いやひと》が践祚した。のちの後光厳《ごこうごん》天皇である。光厳の意思は一切そこに働いていなかった。

文和《ぶんな》三年（一三五四）三月、光厳・光明・崇光・直仁は、河内国金剛寺に移される。ここで光厳は孤峰覚明《こほうかくみょう》を師として禅三昧の生活を送る。光厳らが帰京を許されたのは、先に解放された光明を除き、ようやく延文《えんぶん》二年（一三五七）のことで、五年ぶりの帰還であった。

帰京ののちの光厳院のありさまを、『太平記』は纏綿《てんめん》とした情緒を加えつつ描いている。巻三十九「光厳院法皇山国《やまぐに》に於いて崩御の事」の段である。

世を憂きものと思い、人の訪れも煩わしく思う院は、伴の僧一人を連れて、山川斗藪《とそう》の旅に出る。紀伊川を渡る際には、武骨な武士の乱暴に遭い、川に突き落とされる。高野山に参詣した後、思い立って、吉野の後村上天皇のもとを訪れる。このような漂泊の生活の中で、心を禅の無心の境地に注いでいるのはどうしてか、と問う後村上天皇に、光厳はこう答える。

予《われ》元来万劫《まんごう》煩悩の身を以て、一種虚空の塵にあるを本意とは存ぜざりしかども、前業《ぜんごう》の嬰《かか》るところに旧縁を離れ兼ねて、住むべきあらましの山は心にありながら、遠く待たれぬ老の来る道をば留むる関守もなくて歳月を送りし程に、天下乱れて一日も休む時なかりしかば、元弘の初めは江州番場まで落ち行きて、四百人の兵どもが思ひ思ひに自害せし中に交はりて、腥羶《せいせん》の血に心を酔はしめ、正平の末には当山の幽閑に逢ひて、両季《ねん》を過ぐるまで秋刑の罪に肝を嘗《な》めて、これ程にされば世はうき物にてありけるよと、初めて驚くばかりに覚え候ひしかば、重祚《ちょうそ》の位に望みをも掛けず、万機の政に心をも止めざりしかども、我を強《あなが》ちに本主とせしかば、遁れ出づべき隙なくて、哀れ早晩《いつか》山深き栖《すみか》に雲を伴ひ松を隣として、心安く生涯をも暮すべきと、心に懸けてこれを念じこれを思ひしところに、天地命《めい》を革《あらた》め、譲位の儀出で来たりしかば、蟄懐《ちっかい》一時に啓《ひら》けて、この姿に成りてこそ候へ。

歴史的事実とは若干齟齬《そご》し、虚構をはらむところはあるが、それだけに光厳院がどのように捉えられていたかを、如実に物語っている。天皇という立場では普通は経験しえないような、時代に翻弄され続けた苦しみの生涯への思いが、吐露されている。それはこの時代の激動の渦に巻き込まれた、多くの人々の心を代弁するものだったろう。そして膨大な死者や敗北者たちへの鎮魂の言葉となっていただろう。ちょうど『平家物語』灌頂《かんじょう》巻における、建礼門院《けんれいもんいん》の役割に通じるものがあるように思われる。この章段も、『太平記』の末尾近くに配置されているのであった。

＊光厳院の灯火の歌

光厳院には『光厳院御集』という家集がある。いつ編まれたものか、よくわからないのだが、内容から『風雅和歌集』が成る前、とくに康永《こうえい》元年（一三四二）、作者三十歳以前の成立と推定されている。『風雅和歌集』入集歌に比べると、習作的な作品が多いことによる。ただ、きわめて注目に値する作品もある。次の灯の歌群などである。

雑

さ夜ふくる窓の灯つくづくと影もしづけし我もしづけし（一四一）
心とて四方にうつるよ何ぞこれただ此れ向かふともし火のかげ（一四二）
向かひなす心に物やあはれなるあはれにもあらじ灯の影（一四三）
更くる夜の灯の影をおのづから物のあはれに向かひなしぬる（一四四）
過ぎにし世いま行く先と思ひうつる心よいづらともし火の本（一四五）
ともし火に我も向かはず灯も我に向かはずおのがまにまに（一四六）

私たちの存在感の根っこにふれるものすら感じさせて、現代人の心をも揺さぶるような傑作である。「ともし火」に向き合っていると、心が静まってくる。気が散りがちな心が反省的に振り返られる。そして「あはれさ」が湧き上がる。切ないような感動が浮かび上がるのだ。灯火自体は何も感動的とはいえないから、これは向き合っている自分の心に原因があるのだろうか。ともあれ、灯火が深い感動を誘う、そう思って向き合うほかない。過去やら未来やらを思って散乱する、あのいつもの私の心はどこに行ったのか、ああ、これほど静かだ。もう灯火に対している私はいない。そして私に向き合う灯火もなくなった。それぞれ、あるがままにあって。

先ほども述べたように、これはまだ作者の前半生のころの作品であり、彼の人生の重みが詰まっているとまではいえない。けれどこの世をいかに生きるべきかという思いが研ぎ澄まされていることは間違いない。それはある種の予兆に満ちた言葉として、我々の心をうつのである。

《引用本文と、主な参考文献》

・勅撰集は『新編国歌大観』第一巻（角川書店、一九八三年）、私家集は同第三巻（角川書店、一九八五年）、『太平記』は『新編日本古典文学全集 太平記①〜④』（小学館、一九九四〜一九九八年）によった。

《発展学習の手引き》

・京極派和歌・京極派歌人については、岩佐美代子氏の著作・注釈が基本文献となる。数多いが、今回のテーマに関しては、『風雅和歌集全注釈 上・中・下』（笠間書院、二〇〇二〜二〇〇四年）、『光厳院御集全釈』岩佐美代子（風間書房、二〇〇〇年）が見逃せない。光厳院の生涯については、『地獄を二度も見た天皇 光厳院』飯倉晴武（吉川弘文館、二〇〇二年）がわかりやすくまとめている。

12 三玉集の時代

《目標・ポイント》天皇の力や和歌がもっとも衰微した時代と見なされがちな戦国時代に、尋常ならざる情熱で和歌に取り組んだ後柏原天皇らの活動があり、和歌は命脈を保つことができた。

《キーワード》後柏原天皇、三条西実隆、下冷泉政為、冷泉為広、三玉集、一人三臣和歌

1 後柏原天皇の時代

＊後柏原天皇の活動

和歌がもっとも衰微していた時代――応仁・文明の乱（一四六七～一四七七）を経て以降のいわゆる戦国時代を、和歌史の上ではそのように説明できるかもしれない。たしかにこの大乱をはじめとした打ち続く戦乱によって、文化の中心であり続けた京都は疲弊と混乱を極めた。しかし一方で、武家や地方の勢力の成長により、和歌が急速に全国へと広まっていったことも事実である。人々の和歌に向けた情熱は、決して小さいものではなかった。そして、天皇や公家の中にも、和歌の伝統を絶えさせることなく継承しようと、驚嘆すべき情熱を見せていた人々がいた。

ここで取り上げたいのは、後柏原天皇《ごかしわばら》（一四六四〜一五二六）の時代である。後柏原天皇は、第百四代の天皇で、後土御門天皇《ごつちみかど》の皇子であり、第百五代の後奈良天皇《ごなら》の父でもある。在位は、明応《めいおう》九年（一五〇〇）から大永《たいえい》六年（一五二六）まで。その間将軍は、足利義澄《あしかがよしずみ》（義高《よしたか》）、義稙《よしたね》（義尹《よしただ》）、義晴《よしはる》と、互いに追い落としあうようにして目まぐるしく変わった。天皇家の政治力・経済力ももっとも衰えているころといってよい。例えば、後柏原天皇は、明応九年に践祚したものの、即位式が行われたのは、二十一年を経過した大永元年（一五二一）のことであった。自力で執り行う力がなかったのである。弱体化した将軍家に、以前のように宮廷を支える力がなかったことも大きい。逆にいえば、財政の逼迫《ひっぱく》はありながらも、将軍家の制約を受けずに宮廷のことを差配できたということでもある。そんな中で、後柏原天皇は、熱心に和歌活動を行った。和歌だけではない。さまざまな朝廷の儀式の整備・復興に努めた。そのことは、後柏原天皇が後代、近世の堂上歌人たちから聖代視された要因にもなった。一例を挙げよう。まず月次御会《つきなみ》（毎月行われる歌会）の形式を整えた。その中で、正月の会を「御会始」としてとくに重要視した。参加者全員が同じ題で一首を詠み、その懐紙を提出した。そしてこの会だけは、提出するだけではなく、披講（読み上げ、発表すること）を行った。これが制度化され、現代まで続く「歌会始《うたかいはじめ》」の淵源となった。後柏原天皇の家集には、他撰と推定されるが、『柏玉集《はくぎょくしゅう》』がある。

和歌を詠むことは、天皇の、そして宮廷貴族の、存在証明ともいうべきものであった。だから不遇の時こそ、いっそう熱意が込められるものなのかもしれない。そして和歌の抒情とは、憂くつらく、望みが叶えられないという心情が基本であった。ということは、逆境こそ和歌を詠む原動力であった、とさえいえるのかもしれない。和歌が続いた秘密も、そうした観点から探ることができる。

＊冷泉家の再興

藤原俊成《ふじわらのしゅんぜい》・定家《ていか》の子孫たち、歌道家の中心であった御子左家《みこひだりけ》はどうしていただろうか。鎌倉時代中期に二条家・京極家・冷泉家に分裂した御子左家のうち、京極家はもっとも早く、為兼《ためかね》を継いだ俊言《としこと(とき)》の死（一三二五年）によって途絶え、嫡流である二条家も、十五世紀初頭には断絶していた。続いていたのは、冷泉家だけであった。しかし、二条家断絶後は、勅撰集撰者を独占的に担当してきた往年の御子左家の威勢は、望むべくもなかった。代わって公武の歌界の指導者となったのは、飛鳥井《あすかい》家の人々であった。定家と同じく『新古今集』撰者であった、飛鳥井雅経《まさつね》の子孫である。歴史上最後の勅撰和歌集となった『新続古今集』（一四三九年成立）は、飛鳥井雅世《まさよ》が単独で撰者となり、中世になって初めて、御子左家の人間が撰者となることができなかった。そうした低迷の時期を経て、冷泉為広《れいぜいためひろ》と下冷泉政為《しもれいぜいまさため》の時代となって、冷泉家は再び回復の兆しを見せることとなる。

　まず冷泉為広（一四五〇～一五二六）から見ていこう。為広は、冷泉為富《ためとみ》の子で、為和《ためかず》の父、冷泉家の第六代当主である。一四八〇年ごろから後土御門天皇の宮中歌会に、下冷泉政為とともに召され始め、親王時代から後柏原天皇の歌会にも参加した。将軍家との関係では、まず第九代の足利《あしかが》義尚《よしひさ》と親密であり、続いて第十代義澄（義高）の恩顧を受けた。義澄を将軍に擁立した、管領家の細川政元《ほそかわまさもと》など有力武将とも親しかった。初心者を指導する歌会を毎月自ら開くなど、指導・普及にも熱心であった。そして文亀《ぶんき》二年（一五〇二）八月、為広は義澄に推挙されて、後柏原天皇の歌道師範・和歌所《わかどころ》宗匠となる。越後の上杉氏、駿河の今川氏、播磨の赤松氏など、地方の大名の元へも、精力的に訪問するなど、行動力にあふれた人物であった。この時代、地方を巡る文化人といえば、連歌師が有名だが、冷泉家の歌人ともなると、ずっと尊崇を集める存在だったと考えられる。

次に同じ冷泉家でも下冷泉家となるが、政為（一四四五～一五二三）の活躍が目立っている。冷泉家は、政為の父持為《もちため》（一四〇一～一四五四）の時代に、分家である下冷泉が分かれた。将軍足利《あしかが》義教《よしのり》に忌避されたが、義教の死後は一条兼良《いちじょうかねよし》らに信任され、また後柏原天皇に重用されて、歌界に重きをなした。家集『碧玉集《へきぎょくしゅう》』は他撰家集であるが、後世「三玉集」の一つに数えられ、重んじられた。

＊大文化人、三条西実隆

三条西実隆《さんじょうにしさねたか》（一四五五～一五三七）は、公保《きんやす》の二男で、母は甘露寺親長《かんろじちかなが》の姉である。三条西家は、三条家の分家である正親町《おおぎまち》三条家のそのまた分家であるが、大臣家（大臣まで昇進する家柄）の家格を保持した。実隆の妻の姉勧修寺房子《かじゅうじふさこ》は後土御門天皇の後宮に入り、その妹勧修寺藤子《ふじこ》は後柏原天皇の後宮に入り後奈良《ごなら》天皇を生んだ。そうした姻戚関係もあって、後土御門天皇・後柏原天皇の信任を得て、内大臣に至っている。父公保も有力な歌人だったようだが、実隆も、連歌師の宗祇《そうぎ》から古今伝授を受けている。和歌だけでなく連歌も得意とし、宗祇の『新撰菟玖波集《つくば》』編集に協力した。古典学を幅広く修め、『源氏物語』の注釈書『細流抄《さいりゅうしょう》』等の業績を残している。書道に優れていたこともあり、膨大な古典籍の書写・校合を行っている。香道にも秀でていて、実隆は香道の御家《おいえ》流の流祖である。こうした抜群の教養と高い地位のみならず、政治的中立を心がける穏健な性格もあって、身分を問わぬ幅広い交友関係をもち、これを媒介に、自身は京を離れることのないまま、古典学の地方普及に大きな功績を残した。自撰家集『再昌《さいしょう》』（『再昌草』とも）は、明応《めいおう》十年（一五〇一）から死の前年の天文《てんぶん》五年（一五三六）までの作品を日付順に編集してある。和歌だけで六四〇〇首ほどあるが、それ以外に発句や漢詩句もあり、また狂歌なども含んでいて注目される。他撰家集に近世に刊行された『雪玉集《せつぎょくしゅう》』がある。詳細な漢文日記『実隆公記《さねたかこうき》』は、この時代の貴重な史料である。

*『一人三臣和歌』の世界

前記の四人のうちの三人、後柏原天皇、下冷泉政為、三条西実隆のそれぞれの家集、『柏玉集』、『碧玉集』、『雪玉集』は、「三玉集」と呼ばれて、江戸時代に後水尾院《ごみずのおいん》など堂上の歌人たちに仰がれた。その詠みぶりが手本とされたのである。高評価はすでに同時代から始まっていた。この三人に冷泉為広を加えた四人の和歌（一部それ以外の歌人のものも含んでいる）を集成した『一人三臣和歌《いちじんさんしん》』は、近接する時代に編集されたものである。成立後まもなくから書写されていた形跡があり、数多くの伝本が残っている。主として後柏原天皇内裏での月次和歌会の詠などを抄出したものである。いま、『一人三臣和歌』から、文亀二年（一五〇二）正月二十五日の御会始の歌を引用してみよう。題は「竹不改色」である。松と同様に竹の葉も常緑で色変わりしないことを、宮中での詠にふさわしく、祝意に寄せて詠むべき題である。

後柏原天皇

万代の声の色をやそよさらに竹に待ちとる春の初風

竹の葉の常緑の色だけではなく、それを吹く春風のさらさらという音に、万代を寿ぐ声を聞き取っている。「そよさらに」に竹の葉のそよめく音を掛けているところなど、なかなか巧みである。

色添はむ雲居にもあるか呉竹の世々の古言跡を尋ねて
三条西実隆

「呉竹の」は「よ」（節・世）を起こす枕詞。ここに竹を用いている。色を変えないはずなのに、めでたい色は添うことになる、昔の言葉である和歌を詠むことで、と言うことであろう。内裏を寿ぐ自分たちの詠歌行為そのものを詠み込んでいる。

君にいま交はす契りぞあらはるる御垣の竹のもとの根差しも
下冷泉政為

「もとの根差し」とは元々生えていたところの意であるが、転じて、出自や家柄などを表す。

山がつの垣ほに生ひしなでしこのもとの根ざしをたれかたづねん（源氏物語・常夏・玉鬘《たまかずら》）

とあるように、『源氏物語』に由来する詞である。歌道をもって仕えた御子左家の誇りを示したといえようか。

実を食《は》まむ鳥も出でよとすなほなる御代の姿や庭の呉竹
冷泉為広

為広の歌は、他の三人に比べると少し異色である。「実を食まむ鳥」とは、竹の実だけを食すという瑞鳥、鳳凰《ほうおう》のことだろう（『晋書《しんじょ》』苻堅《ふけん》載記下）。こうした故事の踏まえ方がまず独特なうえに、「竹」と「すなほ」は縁のある詞とはいえ、まっすぐな竹の形を、「すなほなる御代の姿」にたとえるのも、個性的な比喩だといえよう。このように、若干為広が毛色の変わった詠み方をしているとはいえ、いずれも広い意味での縁語や関わりのある言葉を駆使して、一方で題から発想を広げつつ、一方で一首にまとまりをつけようとしている。題に求心的に収斂《しゅうれん》させることよりも、そのような連想の広がりと、流麗な歌詞の連携とを重視し、そのために言葉の縁が最大限に利用されている、といえばよかろうか。

もう少し時を進めよう。永正《えいしょう》十三年（一五一六）の十一月の月次歌を取り上げる。この時後柏原天皇は五十三歳、実隆六十二歳、政為七十二歳、為広六十七歳で、三臣はみな出家している。三首歌のうち、「深山幽居」題の歌は次のようなものであった。

われながら心の奥はまだ知らで深き山とも頼みけるかな（後柏原天皇）
世離れてすむ身に山のかひもあれや鳥の音をだにいつか聞きけん（実隆）
誰か又思ひは知らん山深みかくても人はあられける世を（政為）
流れては影もうつさじうき世ぞと捨てし心の奥の山水（為広）

自分の心の奥底をまだ知ることもないままに、深山での静かな生活をあてにしていたことだ。後柏原天皇の歌は、「奥」「深き」が言葉の縁を結んでいる。出家に憧れながらも、俗世へのこだわりを捨てきれぬわが心の吐露だろうか。次に実隆の歌を見よう。世俗を脱し心を澄ます山住みの暮しは甲斐のあることだ、鳥の音さえ聞こえない。「すむ（住む・澄む）」「かひ（甲斐・峡）」はそれぞれ掛詞。下句は「鳥の音も聞こえぬ山」という成句をもとにしているのだろう。この成句は、

人々行願寺にて勧学会《かんがくえ》おこなひて、序品の、入於深山といふ文をよみけるに

藤原仲実朝臣《ふじわらのなかざね》

鳥の音もきこえぬ山にきたれどもまことの道は猶遠きかな（続詞花集・釈教・四四四）

といった、『法華経』の「入於深山」という経文を詠み込んだ表現でもあり、また、

鳥の音もきこえぬ山と思ひしを世のうきことは尋ね来にけり（源氏物語・総角《あげまき》・大君）

という『源氏物語』の歌の文言にもつながっている。両者を重ね合わせているのだろう。政為の「誰か又」の歌は、山住の隠棲の心境を理解してくれる人を求めている。先に政為の歌に『徒然草』の影響を垣間見たが、この「かくても人はあられける世を」の部分にも、

かくてもあられけるよと、あはれに見るほどに……

という『徒然草』十一段の言辞を利用しているのではないかと思う。ある山里の「心細く住みなし

たる庵」の有り様に感銘を受けて漏らした言葉である。

為広の「流れては」は、一転「山水」（山川）に焦点を当てる。そもそもの発想は、

安積山《あさかやま》影さへ見ゆる山の井の浅くは人を思ふものかは

という『古今集』仮名序で引歌されている歌（原歌は『万葉集』にある）に由来するのだろう。「影もうつさじ」とは、遁世の決意は浅い心でなしたのではない、ということなのだろう。平凡を避けようとする為広の面目が示されている。

2　文亀三年『三十六番歌合』をめぐって

＊『三十六番歌合』について

文亀三年（一五〇三）、後柏原天皇の主催で、歌合が行われた。『三十六番歌合』などと称されている。三月三日に開始された着到和歌が満日となる六月十四日に、このことを記念して催された。着到和歌とは、もともとは戦陣などに参勤したことを報告する着到状に由来するもので、指定の場所に出向き、指定の題で毎日一首ずつ歌を詠む詠歌方式である。百日で百首を詠むなどの形式が多く、ここもそれである。六月十四日に提出された和歌が左右に番《つが》われ、これに判者となった冷泉為広の判と判詞が加わって、七月二十五日に披露された。題は、「樹陰夏月」「水辺納涼」「寄道祝言」の三題で、後柏原天皇自ら出題したもの。時節にふさわしい夏の題と、歌道に寄せる天皇の意気込みがうかがえる題とが組み合わされている。歌人は総計二十四名で、『一人三臣和歌』の四名のほか、

邦高親王《くにたかしんのう》（伏見宮第五代）、近衛政家《このえまさいえ》、一条冬良《ふゆよし》（兼良《かねよし》の息）、徳大寺実敦《とくだいじさねあつ》、足利義澄（第十一代将軍）、飛鳥井雅康《あすかいまさやす》（宋世）、同雅俊《まさとし》（雅親の息）、甘露寺元長《かんろじもとなが》（親長の息）、冷泉為和《れいぜいためかず》（為広の息）など、堂上の有力歌人を勢揃いさせている。

＊「樹陰夏月」の題の歌

まず冒頭の番を見ておこう。

一番　樹陰夏月　左　　女房（後柏原天皇）

蝉の声しぐれしあとに待ち出でて木の葉色づく月ぞもりくる

右　　式部卿親王（邦高親王）

明けやすき空だに有るを夏山の木の間の月はみる程もなし

左歌、聴蝉声於瓊樹、疑時雨之在枝頭、見月影於瑶林、誤秋色之入葉間、其詞妖艶而其心甚深者歟、右歌、短宵早明、僅望残月之掛林梢、風体雖異他、余情難及左者哉

「樹陰夏月」という題からごく普通に想像されるのは、夏で木立が茂り、木陰から月を見ようとしても思うように見られない、という詠み方である。しかし、後柏原天皇は思い切って新しい趣向を構えた。「蝉時雨」の語は、正広《しょうこう》（一四一二〜一四九四、正徹《しょうてつ》の弟子）の家集『松下集《しょうかしゅう》』に例が見られるなど、比較的近い時代に開発された歌の詞らしい。大きくなったり小さくなったりする蝉の鳴き声を、降ったりやんだり定まらぬ時雨の音に聞きなした詞である。月光で木の葉が色づく

というのはややわかりにくいが、「あかし（赤・明）」という同音異義に依拠すると考えておく。蝉時雨で木の葉が紅葉したかと思ったら、それは月光が漏れてきたのだった、という捻りを利かせた。時雨の後にやっと出た月、というつながりも仕掛けられていて、なかなか意欲的な歌いぶりである。為広はこの歌を、「妖艶にしてその心深きものか」と評した。入り組んだ内容を、漢文体で格調高く褒めあげたのである。月が木の葉を色づかせるという趣向は、先例に乏しく、若干無理がある気もする。それを「妖艶」（濃密・濃厚で、言語化しがたい優美さを表す）という言い方で強引に押さえ込んだのだろう。為広も相当に力こぶを入れている。

六番　左　　　　　　　　　権大納言実隆

待ちいづる月も木ぶかき夏山になほくれがたきひぐらしの声

右　　　　　　　　　民部卿政為

くまなきをしたふもつらし短夜の月をばよしや木の間にぞ見ん

左、「待ちいづる月も」と侍る「も」のてにをは、月をば言ひ出したるばかりにて、夏山のひぐらしの声おもてにや聞こえ侍らんうへ、歌合にとりては暮月の心も少しいかがぞや。右、「くまなきを慕ふもつらし」と侍る、かくはいつも申し侍らんずれば、短夜ばかりにてはこれも夏月の色うすくや侍らん。又木の間の月をば必ずしも慕ふまじき事にや侍らん。「心づくしの秋は来にけり」などよめるも、木の間の上にて猶月をおもふ風情のさまざまに侍るべきにや。なずらへて持とすべし実隆は、院と同様、月を遮る木陰に蝉——こちらは蜩《ひぐらし》だが——を配した。生い茂った樹木をどう月と結びつけるかが、題を詠みこなす際のポイントとなるのだろう。実隆は蜩の声が醸し出す日の暮れがたい趣と、月を待つ焦れた思いとを掛け合わせようとした。しかしそれは為広の認めるところとはならず、月は名ばかりで、蝉の方が主役になっている、と非難されることになった。一方政為の歌は、夏の短夜だから、隈ない月を慕っても苦しい思いをするだけだ、せめて木の間の月をだけでも味わうことにしよう、という。もしかしたら、『徒然草』百三十七段の「花は盛りに、月は隈なきをのみ見るものかは」という考え方の影響があるのかもしれない。政為の父持為《もちため》の門人でもあった冷泉派の重鎮正徹は、『徒然草』のこの思想を高く評価していた（『正徹物語』）。せめて木の間の月だけでも、という心情には哀切なものがある。ただし、為広も言うとおり、「木の間の月」はそれ自体「心づくし」のもので、仕方なく見る体となってたしかにまずいのかもしれないが、やや二人には酷な判詞であるかもしれない。

＊「水辺納涼」の題の歌

十九番　（水辺納涼）左　　女房（後柏原天皇）

滝の音はやま風ながらはげしくて打ちちる程の波ぞ涼しき

右　　前関白一条（冬良）

落ちたぎつ滝の白泡に夏消えて秋をぞむすぶ水引の糸

左歌、滝のおとは山風ながらはげしくてなど侍る、涼気はなはだしく、心詞尤《もっと》も妖艶に見給ふるを、右又、『後撰集』やらんに、「水引の白糸はへておる機は」など侍る歌を思ひて、

「滝の白泡に夏消えて秋をぞ結ぶ水引の糸」といへる、尤もいひしりて聞え侍れば、よき持と申すべくや

後柏原天皇の歌は、ずいぶん激しい動きと音のある歌だ。風に乱されながら流れ落ちる滝を、目の前に見てその音に包まれ、飛沫を浴びているかのようだ。視角・聴覚・皮膚感覚の諸感覚が動員されている。天皇の詠む歌は、おおらかで悠揚迫らざる歌であることが多く、この風体を「帝王ぶり」などと言ったりするが、その点では一首は天皇らしくない、ともいえる。しかしその分、後柏原天皇の意欲と意志の強さを物語っているようで、迫真力のある歌となっている。

右歌は、大文化人一条兼良の跡継ぎである冬良の歌。為広が判詞の中で引用しているのは、

水引の白糸延《は》へて織る機は旅の衣に裁ちや重ねん（後撰集・羇旅《きりょ》・一三五六）

という菅原道真《すがわらのみちざね》の歌で、宮滝御幸に随行しての作である。たしかにこの歌を踏まえているのだろう。「水引の」は「糸」にかかる枕詞のように働いている。その糸を滝の水の見立てとしている点でも、冬良の歌は、道真歌を取り入れている。「泡」と「消え」、「むすぶ」と「糸」の縁語仕立てによって納涼の題意を織り込んだ手際は巧みであり、為広もそのあたりの言葉の流麗さを褒めている。現実を表現しようとした後柏原天皇の歌とは対照的でありながら好一対で、「よき持」――レベルの高い引き分け――とした為広の見識が光る。

二十番　左　　　　　　　　　　　　権大納言実隆

ながめやる夕なみ涼し川かぜの舟はひと葉の秋をうかべて

右　　　　　　　　　　　　左大臣（今出川公興《いまでがわきんおき》）

山かげや岩間を伝ふ水の音も目にみぬ風の外に涼しき

左、「舟は一葉の秋をうかべて」など侍る風体はいひしりたる様に侍るを、歌と童をばいづれも頭よろしかるべしと先達申しならはし侍るに、「ながめやる」といへる、常にある詞にては侍れど、此歌にとりては少し思ひたくや。『千五百番歌合』に、「ながめやる花やいづれぞしら雲の立田の山の曙の空」、などいへる様には見え侍らぬなり。右、「目にはさやかに見えねども」と侍る歌を取れりと聞こえ侍り。異なる難なくは侍れど、又異なる事も見え侍らねば、同科と謂ふべし。

実隆の歌は、なかなかに企んでいる。「一葉の舟の中の万里の身」（和漢朗詠集・山寺・五七八・白居易《はくきょい》）など、舟を一枚の葉に見立てる「一葉の舟」という表現は、漢詩に見られる表現である。『和漢朗詠集』だけでも、このほかに二例見いだせる。これを「一葉の秋」という表現と結びつけたところが狙いなのだろう。「一葉の秋」とは、

一葉の落つるを見て、歳の将に暮れなんとするを知る（淮南子《えなんじ》・説山訓）

などの、やはり漢籍に由来する語句であり、一つの落葉に、秋の到来を感じるということで、題

意の「納涼」にふさわしい。

ところが、為広は、初句の「眺めやる」に難点を見出している。ごく普通に用いる言葉だが、それだけにこの歌の中では働きに乏しく、下句の工夫が生きない、ということだろうか。しかし、舟を葉に見立てるには、風景を一服の絵のように眺めるための、距離がなければならない。けれども夕波が涼しいというのは、すぐ傍らで見ているようだ。距離を置いて眺めているのに、その風景から涼しさが伝わってくる、ということを表すための「眺めやる」だろう。けっして無造作に置かれているわけではない。

《引用本文と、主な参考文献》

・『一人三臣和歌』は、武井和人・酒井茂幸・山本啓介「国立歴史民俗博物館蔵高松宮本『一人三臣和歌』──釈文・略解題──」(『埼玉大学紀要(教養学部)』第50巻第2号、二〇一五年)によった。
・『三十六番歌合』は、井上宗雄校注・訳『新編日本古典文学全集 中世和歌集』(小学館、二〇〇〇年)によった。
・三玉集など私家集は、『新編国歌大観』第八巻(角川書店、一九九〇年)によった。

《発展学習の手引き》

井上宗雄『中世歌壇史の研究　室町後期』(改訂新版再版、明治書院、一九九一年)はこの時代の和歌の基本文献。伊藤敬『室町時代和歌史論』(新典社、二〇〇五年)には、三条西実隆の伝記が詳しい。小川剛生『武士はなぜ歌を詠むか──鎌倉将軍から戦国大名まで』(角川学芸出版、二〇〇八年)には、冷泉為広・為和親子の、地方での和歌活動が詳しく述べられている。

13 後水尾院とその時代――万治御点を中心に

《目標・ポイント》江戸時代初期の寛永文化の中心には後水尾院がいた。彼は群を抜いた指導力をもっていた。後水尾院と院を取り巻く歌人たちの活動は、幕府の圧迫の中で、天皇・公家の文化的権威を守ろうとした活動であった。

《キーワード》後水尾院、智仁親王、中院通村、万治御点、添削

1 後水尾院を支えた人々

＊英才、後水尾院

江戸時代の初期に、寛永《かんえい》文化と呼ばれる文化の盛時があった。文字通り元号の寛永（一六二四〜一六四四）を軸とした、十七世紀前半のことである。京都を主たる舞台として栄えた文化である。その中心にいたのが、後水尾院《ごみずのおいん》であった。後水尾院（一五九六〜一六八〇）は、慶長《けいちょう》十六年（一六一一）、十六歳で父後陽成《ごようぜい》天皇の跡を継いで天皇となった。寛永六年（一六二九）の紫衣《しえ》事件（紫衣は朝廷から下賜される紫の法服。幕府が、幕府の許可なく着した紫衣を剥奪し、高僧を処罰した事件）の後突如譲位したが、その後も、すべてわが子である明正《めいしょう》・後光明《ごこうみょう》・後西《ごさい》・霊元《れいげん》天皇の四

代にわたって院政を行った。和歌・連歌・書道・立花《りっか》など諸道に抜群の才能を示したが、とりわけ和歌に熱心で、幕府の強い掣肘《せいちゅう》を受けながらも、皇室・宮中の文化的権威を守り抜こうとした。文化的権威こそが、自分たちの存在証明だったからである。そして、後水尾院の周囲には数多くの歌人たちが集まった。院の才能と情熱が、彼らをもまた鼓舞したのである。院は指導力にも卓抜なものがあった。後水尾院の家集には『後水尾院御集』がある。古典学も大事にし、『古今集聞書』『詠歌大概御抄《えいがのたいがいごしょう》』『百人一首抄』『伊勢物語御抄』などの注釈を残している。自身の著作ではないが、『麓木抄《ろくぼくしょう》』などは、霊元《れいげん》天皇が、父後水尾院の和歌に関する談話をまとめたものである。

後水尾院の歌を二首取り上げよう。

寄国祝

ためしなや他国《ひとの》にも我《わが》国の神のさづけて絶えぬ日嗣《ひつぎ》は（一〇〇五）

諸外国には例のない、我が国に代々受け継がれてきた神授の「日嗣」（天皇位）への誇りを歌っている。

寄衣恋

返しても見る夜まれなる夢ぞうき中にあるだにうとき衣を（八〇八）

「衣を返す」のは、恋しい相手を夢に見るための行為。しかしその相手と、なかなか夢で逢うこ

とができない。「見る夜まれなる」は、『源氏物語』若紫巻の、

見てもまた逢ふ夜稀なる夢の中にやがてまぎるるわが身ともがな（光源氏）

という光源氏の歌から来ている。光源氏は、稀にしか逢えないなら、いっそ夢の中に紛れ込んで死んでしまいたい、と切迫した思いを訴える。そのイメージを背負っているから、死んでしまいそうなくらいつらい、というニュアンスが寄り添う。また「中にある」「衣」にも注目したい。直接には「衣だに中にありしはうとかりき逢はぬ夜をさへ隔てつるかな」（拾遺集・恋三・七九八・読人不知）を踏まえていて、ここから「中の衣」（男女が共寝をする時の夜着）の歌語が生まれた。この「中の衣」は『源氏物語』の中で何度か用いられている言葉である。上句の『源氏物語』若紫巻歌と響きあって、睦み合いを夢見る哀切な姿が彷彿としてくる。院の古典の教養がしのばれる歌だが、そうでありながら、混雑させずに、緊密かつ流麗な言葉の流れの中に収めている技量に感心させられる。

＊智仁親王の添削

後水尾院以外にも、堂上には優れた歌人は多くいた。むしろ、彼らが互いに密接に関係しあうところに、この時代の和歌の特色が現れているといってよさそうだ。集団的な活動に支えられているのである。これまでも和歌史が集団的な活動を基盤としているさまに注目してきたが、とくに歌人間の関係性が濃密な時期であるといえるだろう。それは新古今時代に類比することができるかもしれない。武家政権に対抗し、朝廷の威信を賭けて後鳥羽院を中心に『新古今集』を生み出した時代

に、後水尾院は自分と重ね合わせて、後鳥羽院を敬慕していたという指摘もある（鈴木健一）。
まずは、後水尾院の歌人形成にとりわけ深く関わった、歌人たちを取り上げたい。一人は、智仁《としひと》親王である。智仁親王（一五七九～一六二九）は、後水尾院にとっては祖父となる誠仁《さねひと》親王の息で、初代桂宮である。日本美の精髄と謳われる桂離宮の基礎を築いた人物としても知られる。細川幽斎《ほそかわゆうさい》から古今伝授を受けた。そして智仁親王が後水尾院に古今伝授を行うことによって、「御所伝授」が形成されることになる。「御所伝授」は、皇室・公家を中心として継承されるもので、近世和歌の権威の頂点に位置した。
後水尾院が智仁親王から古今伝授を受けたのは、寛永《かんえい》二年（一六二五）のことであった。この時院は三十歳になっていた。伝授に当たって三十首の和歌を詠み、智仁親王の「御点《おてん》」（添削）を仰いでいる。例えばそれは次のようなものであった。

見花
見る度に見し色香とも思ほえず代々に古りせぬ春の花哉

という院の初案は、次のように添削を受けて変化した。

見る度に見しを忘るる色香にて代々に古りせぬ春の花哉（一一七六）

かつて見た花と今見ている花を、冷静に比較しているかのような初案に対し、添削後は、かつて見たことを忘れてしまう、つまり新鮮な感動を促されるという、いかにも心動かされている人の真情に即した言い方になっている。

もう一例挙げよう。

浦千鳥

夕波に立ち行く千鳥風をいたみ思はぬかたに浦づたふらん

は、添削の後に、

友千鳥立ち行く須磨の風をいたみ思はぬ方に浦づたふらん（一二〇五）

となった。「夕波」が削除されて、代わりに「須磨」が導入された形である。須磨に限定したことで、本歌である、

須磨の海人の塩焼く煙風をいたみ思はぬ方にたなびきにけり（古今集・恋四・七〇八・読人不知）

により密着することになり、むしろ創意が押さえられているように見える。実はそうではない。「浦づたふらん」が『源氏物語』の須磨・明石を思わせるのだ。

はるかにも思ひやるかな知らざりし浦よりをちに浦づたひして（源氏物語・明石・光源氏）

「浦づたひ」には、須磨から明石へと移った光源氏の流離の思いが込められている。それを絡めることになれば、千鳥に流離する我が身を重ね合わせている人物が、よりくっきりと立ち現れることになろう。というのも、「友千鳥」があるからだ。「千鳥」にたった一文字を加えただけのようだが、「友千鳥」は『源氏物語』須磨巻の、

友千鳥もろ声に鳴く暁はひとり寝ざめの床もたのもし

という光源氏の旅愁の極みの託された歌に由来するからである。添削によって『源氏物語』の光源氏の思いが移し込まれ、一首に格段の厚みを加えている。後水尾院にとって刮目するような体験だったことだろう。

＊中院通村の添削

中院通村《なかのいんみちむら》（一五八八〜一六五三）は、中院通勝《みちかつ》の息。母は細川幽斎の娘である。通勝は、中世の源氏学の集大成とも言われる『源氏物語』の著名な注釈書、『岷江入楚《みんごうにっそ》』の著者である。通村ももちろんその源氏学を受け継いでいる。外祖父幽斎の教えも受けた。そしてなにより和歌に優れていた。近衛信尹《このえのぶただ》の死後、彼に代わって後水尾院の添削を担当した。院への指導は、三条西実条《さんじょうにしさねえだ》・烏丸光広《からすまるみつひろ》とともに三人体制で行っていたが、三人の中でも院との関係がもっとも密だった歌人といえよう。一首取り上げる。

朝時雨　寛永八四廿五仙洞聖廟御法楽

一とほり尾上に過ぎぬ帰りこし夕べの雲やけさしぐるらん（八七〇）

寛永八年（一六三一）四月二十五日に、北野天満宮の法楽（神前に歌を奉納すること）の和歌で、後水尾院の催しである。今朝、山頂を通り過ぎていった時雨は、あの「夕べの雲」が帰って来て、もたらしたものだろうか、と詠んでいる。「夕べの雲」は、死者の火葬の煙を想像させる。たとえば、

かくしつつ夕べの雲となりもせばあはれかけても誰かしのばむ（新古今集・雑下・一七四六・周防内侍《すおうないし》）

などが意識されていたはずで、亡者追懐の念が浮かび上がる。その雲が帰って来た、というところが大切で、

雲

山わかれとびゆく雲の帰りくる影見る時は猶頼まれぬ（新古今集・雑下・一六九三・菅原道真）

という、道真が配流中に詠んだとされる歌を前提にしているのだろう。北野天満宮への法楽にふさわしく詠んだのである。そういう観念を、「一とほり尾上に過ぎぬ」という、南北朝時代の京極派を思わせる、動きのある叙景的な表現によって表すところに特色がある。

同じ寛永八年の、これも「聖廟法楽和歌」である九月二十五日の後水尾院の和歌には、通村と烏丸光広の二人の添削が残されている。高梨素子氏の紹介によって見てみよう。「深山鹿」題に対して、院は候補作五首を詠んだ。その中で、最終的に採られた歌の初案はこうであった。

秋ふかき深山をろしに《の》さそは《ひ》れ《来》て紅葉にまじるさを鹿の声

この歌に対する烏丸光広の評はこうであった。

端両首の御製中にも、「紅葉にまじる鹿のこゑ」の風情、始めて出現、無双に承り候ふ。（中略）「みやまをろしのさそひきて」と候ひてはいかが。

光広は、紅葉が舞い散る中、それに混じるように鹿の声が聞こえてくる趣向と表現の新らしさを褒めている。ただし「深山をろしに誘はれて」を「深山をろしの誘ひ来て」に直した方がよい、とする。歌の傍記は、その指示に対応している。一方通村のこの歌への批評には、

「深山をろし」、存ぜざる耳にさへ、まことに秀逸の体とも申しぬべく存じ候ふ。これも脇に付けられ候ふは、劣り候ふか。紅葉も鹿の声もともに誘はるる心にて、しかるべく存じ候ふ。

とある。傍記が光広の添削とは思わず、院の第二案かと思ったようだ。しかし光広とは意見を異

にし、「深山をろしに誘はれて」を良しとする。その方が、紅葉も鹿の声もともに誘われることとなるからだという。確かに「（深山おろしが）誘ひ来て」だと鹿の声に限定されるが、「誘はれて」という受け身形だと、その修飾関係がゆるやかになる。山奥の紅葉と鹿の声が、ともに山奥から吹き下ろす風に運ばれて、やってくるのである。光広は、「深山鹿」という題を大事にして、紅葉という別のテーマにずれこむことを避けたほうがよい、と考えたのかもしれない。結果的には、初案を高評価した通村の意見が重んじられて、「誘はれて」の形で、この歌が採用されることになった。

2　万治御点に見る添削

＊連歌との関わり

中院通村の没後、後水尾院は、多くの歌人たちを指導するなど、自ら歌壇を運営するようになる。歌書の編集や古典講釈のほか、古今伝授も行っている。古今伝授と深く関わるのが、万治御点《まんじおてん》などと呼ばれる、和歌稽古の会である。院は、万治《まんじ》二年（一六五九）五月一日から、寛文《かんぶん》二年（一六六二）四月七日まで、宮廷歌人たちに連続して和歌の指導を行った。題詠で数人にそれぞれ数首ずつ詠ませ、添削を行い、コメントを付したのである。指導したのは、堯然《ぎょうねん》法親王（院の弟）・道晃《どうこう》法親王（同）・飛鳥井雅章《まさあき》・後西《ごさい》天皇（院の皇子）・日野弘資《ひのひろすけ》・烏丸資慶《からすまるすけよし》（光広の孫）・中院通茂《なかのいんみちしげ》（通村の孫）・飛鳥井雅直《まさなお》（雅章の息）・白川雅喬《まさたか》らである。

まず、万治二年（一六五九）の六月十三日の添削を見てみよう。

　　雨後郭公

雲はるる空にかたらふほととぎす雨やめてとや深山出でけん（白川雅喬《しらかわまさたか》）

この一首に対して、後水尾院は、まず初句を「暮ふかき」と添削している。なぜだろうか。下句の「雨やめてとや深山出でけん」から判断すれば、雨がやんでいることは想像がつくので、くどくなるのを避けたことは間違いない。「雨やめて」とは、「雨が止むのを待って（出よう）」の意である。しかし、それだけでないようだ。その添削については、後から次のように説明している。

連歌にも、急ぐことには朝時分を付くる也。遅き事には夕時分を付くる也。「くれふかき」は、雨の晴るるを待ち待ちて、遅く出でたるやうの心に少し味ある也。

連歌の例を挙げて、前句に急ぐことが含まれている場合は、朝の時間帯を付句し、遅いことの場合は夕方を付句するものだ、という。連歌は、和歌から派生したと考えられやすいが、むしろ和歌を捉える媒介となるのだった。連歌の命といってよい連想のあり方の追求が、和歌の言葉の続け方をも活性化しているのである。連歌と和歌は補い合い、相互に依存し合う関係と言えるだろう。

ともあれ、「暮ふかき」（とっぷりと暮れている）とすることによって、雨が晴れるのを待って時鳥が遅く出てきた、というイメージが増幅される。時鳥を聞きたいと願う人の、「ようやく聞けた」という喜びを含み込ませるためである。

＊余情の表し方

梅香留袖

行ずりの袖さへあかぬうつり香にかへりみがちの梅の木のもと（後西天皇）

後西天皇（一六三七～一六八五）は後水尾天皇の第八皇子。承応《じょうおう》三年（一六五四）に急逝した後光明天皇のあとを受けて践祚し、在位十年で霊元天皇に譲位した。後水尾院より古今伝授を受け、霊元天皇に相伝。後水尾院歌壇と霊元天皇歌壇の橋渡し役を果たした。

一首に対し院は、

これも猶人やとがめん行ずりの袖さへあかずにほふ梅が香

という改案を示した。全面的な改稿といえそうだ。この添削へのコメントは以下のごとくである。

行ずりの　ゆくての心也。刷る心にはあらざる也。
風雅下「君が住む宿の梢をゆくゆくも隠るるまでにかへり見しはや」、此の心にて出たるか。これは題字「香」の字詮也。しからば「人のとがむる香にぞしみぬる」の心、題には縁ある也。本歌といふほどまではなけれども古語也。されば「かへりみがち」よりは「梅が香」の縁ある歟。さて「これも又」とするは等閑《なおざり》なる時の事也。「行ずりの」「うつりが」は立ち寄る袖よりは猶浅きかた也。これさへ「人やとがめん」なれば「猶」にて思ひ入れありてこまやかなる也。此の「猶」はまたの心也。

院はまず、「かへり見がち」の語に注目して、これを『風雅集』に収める菅原道真の「君が住む」歌に依拠していると見る。『風雅集』は誤りで、正しくは『拾遺集』（別・三五一・菅原道真）なのであるが、それはともかく、幾度も「かへりみ」をしてしまうと歌うことによって、梅が香への愛着を歌おうとしたのが後西天皇の狙いだったと推測される。だがそれでは「梅が香」への縁が薄い、というのが院の評価である。たしかに振り返る行為は、主として視覚に関わるのであって、嗅覚とは微妙に位相を異にする。そこで道真の歌のような発想ではなく、『古今集』の「梅の花立ち寄るばかりありしより人のとがむる香にぞしみぬる」（古今集・三五・読人不知）の歌の発想に依拠することを提案する。「他の人がとがめ立てするほど濃い移り香」とすることでより梅香を彫り込もうというわけである。さらに、「これも猶」にも工夫があって、今回の「行きずり」のなおざりの香りでさえ、とすることで、かつてわざわざ立ち寄って梅を賞でた時の思いの深さを余情として表すことが出来るという。作者が用いた語を最大限に生かしながら、より言葉が有効に響き合うようにし、より深い情趣が生み出されるよう導いている。感嘆するほかはない。

＊自作との関係

待恋

頼めこしいつのまことのならはしに又今宵さへ待ちふかすらむ（中院通茂《なかのいんみちしげ》）

（約束し続けてくださったけれど、いったいいつそこに真実があり、いつそれに馴れ親しんだといって、また今宵も夜更けまで待っているのでしょう）

この中院通茂の歌に対しては、次の歌を提案している。

たのめをきて問はれしいつのならはしにあやな今宵も待ちふかすらん

（約束通り来て下さったのはいつのことでしょう、そしていつそれに馴れたからといって、おかしなことに今宵も夜更けまで待っているのでしょう）

変更は数箇所に及ぶが、現代語訳を見比べればわかるように、歌の趣旨に大きな違いはない。来てくれるという約束など空手形ばかりだったのに、どうして性懲りも無く自分は今宵も待ってしまうのか、と自問する歌である。「まこと」が削除されて、「いつのならはし」という言い方に代えられている。「まこと」（実・誠）は中世・近世の歌学・歌学で非常に重要視された理念でもある。それゆえ、概念的な堅苦しさをもたらしかねない。代替案の「いつのならはし」は、実は後水尾院自身に作例がある。

逢恋

あればありしこの身よいつのならはしに夜を隔てむも今更にうき（後水尾院御集・七一二）

こうした自身の詠作意識に基づいた批評なのだろう。通茂からすれば、院が創作に当たってどのように頭を廻らしているのか、それを追体験することができたことになる。「まこと」ではなく「逢瀬」に馴れていないとし、しかも「あやな」と自分でも不可解とする方が、心の深層に今一歩深く分け入っているだろう。

次に待恋の題の、後西天皇の歌に対する添削を見てみよう。

待恋

今宵さへ更くる恨みを思へ人頼めぬほどの憂さは物かは（後西天皇）

女性の立場の歌である。約束を破ってこない人への恨みを、逢おうと約束してくれなかった冷淡なときよりずっと恨めしいとする。これに対し、院は次の対案を示した。

思へ人又今宵さへ更くる夜に頼めぬさきの憂さは物かは

相手の男に訴えかける「思へ人」という第三句を、初句に持ってきただけにも思えてしまうが、実にこまやかな工夫があるようだ。院は次のようにコメントしている。

憂き・憂さ、いづれにても苦しからず。下句あしからず。上がちと不合やう也。

「憂き」でも「憂さ」でもどちらでもよい、という指摘はさておき、肝腎なのは、下句は悪くないが、それに上句が適合していない、という批評である。たしかに過去の冷淡さなど、今思えば何ほどもなかったという内容を、「物かは」と反語を用いて強く相手に訴えかけるところなど、歌の言葉づかいに習熟しているという印象がある。ただし、下句にも改変の手は及んでいて、「頼めぬほど」を「頼めぬさき」とする。逢瀬を約束してくれない状態に対して、漠然とそのころというのではなく、今とは違う以前の、とはっきり区別するのである。現在はいつ行くと約束があったことが明確になるだろう。そのような強い下句に比べると、もとのままだと若干弱いと感じたのであろう。冒頭から「思へ人」と初句切れで訴えれば、かなり強力である。のみならず「又今宵さへ」と「又」が加わって、約束が破られたことが幾晩も重なったことが明らかになる。そして、「恨み」の語が消えたことで、作中の女性の心情は、言葉で限定されなくなる。「憂さではけっして捉えられない強い思い」として想像に委ねられる。だからこそ、下句と釣り合いが取れるのだろう。添削される者にとって、歌の言葉というものは、続き方によってどのように効果の違いが生まれ、どのようにバランスを取ればよいのか、如実に感じる体験となるだろう。

文芸作品の添削というと、どうも我々現代人には引っ掛かるものがある。作り手の個性を殺してしまうのではないか、作者固有の創造性をねじ曲げる行為なのではないか、と。添削の意味はどこにあるのだろうか。添削された方は、自分の創作を振り返り、ああ、そういう方法もあったのかと、そこにあったはずの可能性に気づくことになる。添削にはさまざまな位相があるとはいえ、基本的に作者の意図や発想を尊重して行われる。用語もできるだけ初案を生かそうとする方向にある。つまり作者は、自らが用いようとした言葉が、他にどのような言葉と結び付く可能性があったかに目を開かれることになる。題詠の和歌として、より有効な言葉のつながりへと導かれる。それは創作体験に準じるものといってよいだろう。添削をする行為はもちろん、添削を受ける行為も、さらにいえば他の人が添削されているのを見る行為も、より良い和歌を目指して詠作するのと本質的に変わりのない体験であり、しかも同時に、参加する歌人たちの文化的な絆を強める営みであったと考えられるのである。とくに『万治御点』の添削には、そのような営みに積極的にリーダーシップを発揮する後水尾院の姿が浮かび上がるのであった。

《引用本文と、主な参考文献》

・『後水尾院御集』は、鈴木健一校注『和歌文学大系 後水尾院御集』（明治書院、二〇〇三年）によった。また、久保田啓一校注・訳『新編日本古典文学全集　近世和歌集』（小学館、二〇〇二年）の解釈を参考にした。『万治御点』は、上野洋三『万治御点―校本と索引―』（和泉書院、二〇〇〇）によった。中院通村の添削に関しては、高梨素子『後水尾院初期歌壇の歌人の研究』（おうふう、二〇一〇年）により、論考をも参考にした。

《発展学習の手引き》

後水尾院ら江戸前期の堂上歌壇については、鈴木健一『近世堂上歌壇の研究　増訂版』（汲古書院、二〇〇九年）が見晴らしよく論じている。堂上に限らずこの時代の和歌史を視野広くとらえたものとして、上野洋三『元禄和歌史の基礎構築』（岩波書店、二〇〇三年）がある。『万治御点』については、同じ上野氏の『近世宮廷の和歌訓練『万治御点』を読む』（臨川書店、一九九九）が、わかりやすい語り口で、問題点を掘り起こし、必読である。

14 賀茂真淵と江戸派の活動

《目標・ポイント》 江戸時代中期の国学者、賀茂真淵は和歌や歌学にも優れ、多くの門人を育てた。その門流から出た加藤（橘）千蔭や村田春海ら江戸派の歌人たちは、とくに江戸の都市民の心をつかんだ。

《キーワード》 賀茂真淵、県門、『歌意考』、江戸派、加藤（橘）千蔭、村田春海

1 賀茂真淵とその歌学

＊賀茂真淵という人

江戸時代中期、宝暦《ほうれき》・天明《てんめい》文化と呼ばれる、文化の隆盛の時代があった。十八世紀の後半ごろのことで、元禄《げんろく》文化と化政《かせい》文化の間である。政治史の上では、田沼意次《たぬまおきつぐ》・意知《おきとも》父子らを中心とした、いわゆる田沼時代を含んでいる。文学者でいえば、与謝蕪村《よさぶそん》・山東京伝《さんとうきょうでん》・上田秋成《うえだあきなり》らが活躍した。学問・思想の分野では、国学が隆盛したのが目立った特徴であった。

賀茂真淵《かものまぶち》（一六九七〜一七六九）はその時代を代表する国学者の一人である。和歌も熱心に詠んだ歌人でもある。国学（自らは古学と呼んだ）だけでなく、和歌の弟子も数多い。しかも真淵にと

って和歌は、学問とも切り離せないものだった。それは、古えの人の心を、古歌や古語を通して理解しようとしたからである。和歌を詠むことは、その実践としての意味をもったのである。歌学も和歌を知るために重視した。

賀茂真淵は浜松の賀茂神社神職の家に生まれ、三十六歳で京の荷田春満《かだのあずままろ》に師事、四十一歳で江戸へ出て、田安宗武《たやすむねたけ》の和学御用となった。また紀州徳川家の歌道師範となり、数多くの古典の注釈を残す。家集に、『あがたゐの歌集』と『賀茂翁《かもおう》家集』の二種がある。

彼自身の業績もそうだが、国学の学問、および歌道の双方で、多くの門人を育てたことが特筆される。中でも著名な門弟に本居宣長《もとおりのりなが》がいる。宣長との「松坂の一夜」はあまりに有名である。生涯ただ一度の出会いから、宣長が真淵の国学の志を継承することとなったとされるのだが、そこには伝説化された事柄もまじっているという（田中康二『真淵と宣長「松坂の一夜」の史実と真実』中央公論新社、二〇一七年）。和歌の門人も、武家・町人など階級を問わず数多い。加藤《かとう》（橘）千蔭《ちかげ》・村田春海《むらたはるみ》は、江戸派の中心人物となった。女性も少なくなく、油谷倭文子《ゆやしずこ》・土岐筑波子《ときつくばこ》・鵜殿余野子《うどのよのこ》は県門三才女と呼ばれた。「県門」とは、真淵の門流のことであり、彼が「県居《あがたい》」と号したことに由来している。

また、江戸派とは、賀茂真淵の和歌・歌論・和学の後継者を主張する、加藤千陰・村田春海を中心とする門流のこと。江戸を中心とした上級・下級の武家、一般の町人、そして女性にも広まった。ほかに、小山田与清《おやまだともきよ》・清水浜臣《しみずはまおみ》・岸本由豆流《きしもとゆずる》・井上文雄《いのうえふみお》などがいる。

＊『歌意考』の魅力

まず真淵の歌論書、『歌意考《かいこう》』を見てみよう。真淵の学問体系を示す、「五意考」と呼ばれる五書、

『国意考』『歌意考』『語意考』『文意考』『書意考』の一つである。和歌とはどういうものなのか、その本質を正面から論じた書と言ってよいだろう。和歌は、真淵にとって、思想体系の一翼を担うものだったのである。草稿本は宝暦《ほうれき》十年（一七六〇）以前に成立していたかと推定されているが、出版されたのは、寛政《かんせい》十二年（一八〇〇）に門人荒木田久老《あらきだひさおゆ》の手によってであった。

あはれあはれ、上《かみ》つ代《よ》には、人の心ひたぶるに直《なほ》くなむありける。心しひたぶるなれば、なすわざも少なく、事し少なければ、いふ言の葉もさはならざりけり。しかありて、心に思ふ事ある時は、言に挙げてうたふ。こをうたといふめり。かく、うたふもひたぶるに一つ心にうたひ、言葉も直き常の言葉もて続くれば、続くとも思はで続き、調《ととの》ふともなくて調はりけり。…（ああ、上代には人の心が一途で純粋であった。心が一途なので、行動も多岐には亘らず、事態も単純だったので、数多くの言葉を使うに到らなかった。そうして心に思いが発した時には、言葉に出して歌った。これを「うた」と言った。このように、歌うときには一途に単純な心で歌い、言葉も率直な日常語で表したので、自然と言葉になっていき、調子を整えようとせずとも律調が生まれた。…）

古代人の荒々しいまでに一途で、純粋率直な心がまず前提とされている。「ひたぶるに」は、一途な状態を表すのだろうが、「粗暴な」という意味もあることからわかるように、整えられていない荒々しさのイメージをも含むかと思われる。そういう「上つ代」の純粋な心によって生み出された歌は、作りこしらえたものでなく、自然と表現になったもので、自然と「調ふ」ものだという。

「調」という漢字が用いられている事から考えて、ここでは「しらべ」のことを言っているのだろう。歌の律調が、人為的にではなく、自然と生まれ出てくるものであることが重要なのである。

もう一つ、『歌意考』の中の、心に残るエピソードを取り上げよう。

おのれいと若かりける時、母刀自《とじ》の前に古き人の書けるものどもの在るが中に、(「いにしへの事は知らぬをわれ見ても久しくなりぬあめの香具山」など八首を挙げる)こをうち読むに刀自ののたまへらく、「近ごろそこ達の手習ふとていひあへる歌どもは、わがえ詠まぬおろかさには何の心なるらむもわかぬに、このいにしへなるは、さことは知られて心にもしみ、となふるにも安らけくみやびかに聞こゆるは、いかなるべき事とか聞きつや」と。おのれもこの問はするにつけてはげにと思はずしもあらねど、下れる世ながら名高き人たちのひねり出だし給へるなるからは、さるよしこそ有らめと思ひて黙《もだ》しをるほどに、父のさしのぞきて「誰もさこそ思へ。にいで物習ふ人はいにしへに復《かへ》りつつまねぶぞと賢き人達も教へおかれつれ」などぞありし。にはかに心ゆくとしもあらねど、「うけ給はりぬ」とて去りにき。とてもかくてもその道に入り給はざりけるけにやあらむなどおぼえて過ぎにたれど、さすがに親の言なれば、まして身まかり給ひては、書見《ふみ》、歌詠むごとに思ひ出でられて、古き万の書の心を人にも問ひ、おぢなき心にも心をやりて見るに、おのづからいにしへこそとまことに思ひ成りつつ、年月にさるかたになむ入りたちたれ。

自分がまだ若かったとき、母親の前に、古人の書物があった。そこには『万葉集』(『古今集』・『古今和歌六帖』の歌を含む）の歌があった。「最近あなたたちが歌の稽古で取り上げる歌は、歌の読めない私にはどういう意味かさっぱりわからないが、この古歌はなるほどと感動し、口ずさんでも穏やかで優美に聞こえるのだが、どう思うか」と聞かれた。自分も同感だったが、後世のものとは言え、著名な歌人の詠まれた歌なのだから、良さもあるだろうと黙っていたが、今度は父が現れて「皆そう思っている。学ぶ人は古に返ろうと学ぶものだと賢人は教えている」と言う。すぐに得心したわけではなかったが、その場は「わかりました」と入って下がった。歌道の研鑽を積まれた人ではないのだから、とおもってやり過ごしていたが、さすがに親の言葉であり、しかも亡くなられてからは、読書、作歌の折々に思い出される。古典の内容を人にも問い、自分でも理解しようと努めて詠んでいると、自然と古代こそもっとも大切だと心底思い至り、長い年月をその方針で邁進してきた。そういう趣旨が語られている。

真淵の若い頃の父母とのエピソードが語られている。自分が復古主義にたどりついた要因が、実は無学な父母にあったのだと、美しく物語化されている。彼の思想だけでなく、父や母の人間性や、親子関係がとても印象的である。学問の詳しいことなど何も知ることのない父母だけに、その教えが自分の心の奥底に響いたという、素朴ながら実直な暖かさを感じさせる。この体験談は、真淵の述べるところそのものを説得的にする働きがあるだろう。古代人の心性と両親の人柄に重なるところがあるのである。そしてまた、こういう人が言うことなら本当にちがいないと確信させるのである。真淵が多くの門人を育てることになったのも、こういう教師として優れたところがあったからなのだと想像させるに十分である。

＊賀茂真淵の長歌

岡部の家にてよめる宝暦十三年の六月なり
年々に　偲《しぬ》びまつれば　故郷に　いますがごとく　常はしも　思ひてしものを　なにしかも　もとなかへりて　逢ふ人に　こと問ひぬれば　ちちの実の　父はいまさず　ははそばの　母も　いまさず　しかはあれど　吾が妹《いも》なねの　頭《かしら》には　白髪《しらかみ》おひて　金戸《かなと》より　出づるを見れば　母とじは　いましにけりと　立ち走り　入りてし見れば　面《おもて》には　皺《しわ》かきたりて　よろぼへる　われをしも見て　妹なねは　父来ましぬと　訝《いぶか》しみ　思ひたりけり　互《かた》みに　ことをも問はず　しら玉の　涙かき垂《た》り　向かひゐて　むかしへ偲ぶ　ことぞさね多き（賀茂翁家集・四五七）

「岡部」とは真淵の俗姓である。出身地遠江国敷智郡浜松庄伊場村（今の浜松市中区東伊場）は、古く岡部と呼ばれていた。生家に帰郷しての作である。宝暦《ほうれき》十三年（一七六三）には、真淵六十七歳。兄である真淵とその妹が、それぞれ相手を母と父に見間違えたことが歌われている。たしかに現代の私たちにも、ありそうなことと思われる。それにしても若干出来すぎたシチュエーションである。『万葉集』風の言葉遣いがそう感じさせないでいるけれども。むしろ演劇的な構成が、古代的な歌詞と合致しているとさえ言えそうである。『万葉集』の言葉は、現実を劇的に装わせる働きをしているのではないだろうか。

＊県居の生活と歌

浜町といふ所に家居して庭を野等《のら》又畑《はた》につくりて名を県居《あがたゐ》とつけて住みける、その二月の

末つかた桜の花もやや盛なるころ伊久米の君入りおはしたるに、庭にさきたる菜の花につけてよみて出だしける

春さればすずな花咲くあがた見に君来まさむとおもひかけきや（八十浦玉上巻之本・五〇）

※伊久米の君…刈谷藩主土井《どい》利信《としのぶ》の妻。

真淵の家集『賀茂翁家集』にも載っているが、詞書が詳しいので、本居大平《おおひら》編の私撰集『八十浦《やそうらの》玉《たま》』上巻（一八三三年刊）から引用した。これは真淵・本居宣長・大平の三名と彼らの門人たちの歌を収録した歌集である。真淵は、今の日本橋浜町の地に、六十八歳のときに転居したといわれる。この家を「県居」と名付け、これを自らの号とした。田畑を耕す隠居生活を送りながら、多くの著作を残した。二月末の桜が次第に花盛りになるころ、土井利信の妻がやってきたので、庭に咲いていた菜の花（アブラナの花だけでなく、カブ・コマツナなどの花も含めた総称。ここもすずな（蕪）のそれ）に添えて歌を詠んだ。号の「県居」に引っ掛けて「県見」といった。「県見」とは、地方の視察の意であるが、三河に赴任する文屋康秀《ふんやのやすひで》が、「県見にはえ出で立たじや」（田舎見物においでになることはできませんか）と小野小町《おののこまち》に語り掛け、それに答えた小町の有名な和歌が『古今集』（雑下・九三八）に残っており、そのやりとりを踏まえているだろう。

2　加藤千蔭と村田春海の和歌

＊加藤千蔭と『うけらがはな』

加藤千陰（一七三五〜一八〇八）は橘《たちばな》千蔭とも称する。父は、同じく歌人で江戸町奉行与力の

枝直《えなお》で、枝直もまた真淵の教えを受けている。千蔭は真淵の門弟を代表する一人で、県門四天王の一人と謳われた。父と同様江戸町奉行与力であったが、五十四歳の時寛政の改革に際して引退し、以後歌道に専念する。『万葉集略解《りゃくげ》』二十巻三十冊は、寛政《かんせい》八年（一七九六）～文化《ぶんか》九年（一八一二）刊行で、『万葉集』全歌にわたる代表的な注釈書として、大いに流布し、後の歌人たちに影響を与えた。しかし、彼の歌そのものは、『万葉集』というよりは、『古今集』を中心とする平安時代の和歌や和文を彷彿《ほうふつ》とさせるものであり、そこに江戸派の真骨頂もある。自撰歌文集『うけらがはな』は、初編が享和二年（一八〇二）に刊行された。千蔭の特色をうかがわせる歌をいくつか取り上げてみよう。

　弥生六日《むゆか》、雨いみじう降りたるに、花も散りがたになりぬと聞きて、舟にて隅田河へまかりてよめる

　隅田河つつみの桜人ならば笠着せましを蓑貸さましを（二〇四）

墨堤（隅田川の堤）の桜は、江戸時代後期になると、江戸第一の桜の名所となった。桜に呼びかける下句は、あくまで優しげである。これはおそらく、花見にやってきた女性たちに成り代わって詠む、といった風情なのではないだろうか。この歌だけではなく、千蔭には、人物が浮かび上がるような歌が少なくない。たとえば、「貸す」の語を用いた、似たような発想がうかがえる次のような歌もある。

人の家に、女簾のもとに立ち出でて、雪の木に降りかかれるを見る

冬ごもり人待つ閨の空だきを梢の雪の花に貸さまし（八八九）

男の来訪を待つ女性の心情に入り込んで、切ないような願いの言葉をもらしている。梢の雪の花よ、薫物の香に薫ってあの人を誘い寄せておくれ、と。詞書はまるで屏風歌のそれに似ており、絵を見てその趣を歌にしたかのように記している。必ずしもそれが事実なのかどうかわからないが、少なくとも真淵は、屏風歌の詞書を見て歌を詠むことを門人に推奨していたらしい。村田春海の『贈稲掛大平書《いなかけおおひらにおくるふみ》』には、

又古へ人の家集に、月次の絵の歌多く侍り。其の詠みざまは、其の絵の内に見ゆる人に我が身をなしていひ侍れば、まことに其の事其の所に当りて詠めらむに異なる事なし。かかれば翁は、題を設けて人に詠ますするには、此の月次絵などの題を常にとりいで侍りしなり。

とある。古歌人の家集――例えば『貫之集』などが典型的だろう――には、月次屏風の歌が多い。それらの歌は、その時その空間に身を置いたように、自己投入して詠まれている。だから実景を詠んでいるのと同じだ。それで真淵は、屏風歌の題を出題して詠ませていた、というのである。八八九番の詞書などが、まさにそれに当たるのだろう。設定された空間の中で、登場人物が物語的な一場面を生きるように想像を働かせているのである。

雪の中の人物を彷彿とさせるという点で、次の歌は似たような趣を詠んでいる。

車中雪

花と散る大路の雪を小車《おぐるま》の小簾《おす》かかげつつ見る人やたれ（八七四）

雪の中、都大路をゆく牛車。見ると、牛車のすだれを掲げて、一人の人物が雪見をしている。あれはいったいどなたなのでしょう。この歌については、謡曲の『通小町』を踏まえているという説がある（鈴木淳氏）。たしかに、簾を掲げて雪見をする人物にも、またそれを誰かといぶかしむ人物にも、ある種の演劇的な所作を感じる。劇の一場面を描きあげるように詠まれているのである。「其の絵の内に見ゆる人に我が身をなして」詠め、という教えに通じるものがあるだろう。

春色浮水

霞たつ青香具山の山眉のみどりをうつす埴安《はにやす》の池（二七六）

「山眉」とは、美しい眉のような山の稜線のこと。埴安の池は、かつて天の香具山のふもと付近にあった池で、『万葉集』に、

埴安の池の堤の隠り沼《ぬ》の行くへを知らに舎人《とねり》は惑《まと》ふ（巻二・二〇一・柿本人麻呂《かきのもとのひとまろ》）

などと詠まれている。その池の水面に、霞のかかる香具山の春らしい色合いが映っている光景を詠んでいる。古代の藤原京の空間に入り込み、幻視しているのである。「みどりの眉」などと言う

言葉に注意すると、香具山がまるで鏡を見る女性のように取りなされている感がある。

幽夕

大路行く人のおとなひ絶えはてて軒端にかへる家鳩の声（一一七七）

日も暮れ、大路を行く人の往来も途絶えた。家鳩（家禽化された鳩）も軒端で鳴いている。昼間は人々の往来の喧噪の中にあった大路だからこそ、夕暮れ時の静けさが際立ち、家鳩の鳴き声が響くのである。都会の夕暮れの風景として、多くの都市民の共感を誘ったことだろう。典型的な都市の時空を、日中から夕暮れへの変化として描き出したのである。

＊村田春海と『琴後集』

村田春海（一七四六～一八一一）は、江戸日本橋の干鰯《ほしか》問屋の豪商の家に生まれた。遊興のあげくに財産を使い尽くし、和歌・和学に励む。県門四天王の一人。漢学を皆川淇園《みながわきえん》に学び、和漢ともに秀でていた。歌文集『琴後集《ことじりしゅう》』（歌集の部一八一三年刊、文集の部一八一四年刊）、歌論に『歌がたり』（一八〇八年刊）がある。

百合

夏の野に誰をやさしとしのぶらん葉がくれにさく姫百合の花（四一九）

この歌は、『万葉集』の、

夏の野の繁みに咲ける姫百合の知らえぬ恋は苦しきものそ（巻八・一五〇〇・大伴坂上郎女《おおとものさかのうえのいらつめ》）

の本歌取りである。本歌に比べて、姫百合ははっきりと女性のごとく、擬人法的に詠み込まれている。優し気な歌い口である。

隅田河に舟をうかべて
夕川の涼しさとめてこぐ舟は水の心のゆくにまかせん（四六〇）

夏の夕暮れに涼を求めて舟をこぎつつ、心行くまで流れゆく水の心に任せよう。「ゆく」は掛詞であり、「心」（川の中心の意もある）は水の縁語でもある。技巧的といえば技巧的だが、それがゆったりとした言葉の流れに乗っているので、むしろみやびやかな印象さえある。王朝人たちが縁語・掛詞を用いていた心持ちはさもあらん、という気分にさせられる。これは春海ではなく、加藤千蔭の言葉なのだが紹介しよう。

かれ、古へ人の歌は、心より出でたる歌なれば、歌ごとに心かはりて珍しきを、後の人は、その古への歌詞をのみとりて、おのが心にもあらぬことをよみいづめれば、めづらしげなく、たがよめるも同じさまになれるなるべし。こをもておもふに、くだれる世にまうけよむといへど、心を古へ人になして、真心より深くおもひめぐらしてよみいでなば、一つことにはなるまじきことわりなり。

長瀬真幸《ながせまさき》の問いに千蔭が答えた書、『真幸千蔭歌問答』の一節である。心を古人と一体化させて詠めば、かえって新しい歌が詠める、というのである。

初雪

色ながら木の葉ちりしく苔の上に見初むる雪のめづらしきかな（八一二）

紅葉の色を残したまま、苔の上に木の葉が散っている。そこに初雪が降りかかった。苔の緑、紅葉の赤、雪の白が重なる色彩感覚が映える。だがこの歌の主題はむしろ時間だというべきだろう。秋から冬にかけての季節の推移と、「苔」に象徴される、悠久の時間と。その点で、この歌は、

山深み落ちてつもれるもみぢ葉のかわける上に時雨ふるなり（詞花集・冬・一四四・大江嘉言《おおえよしとき》）

の影響を受ける面があろうかと思う。この大江嘉言の歌は、山中に閑居しつつ、落葉から時雨までの長い時間、耳を澄まして聞き入っている人物が浮かび上がる。近しいものを感じる。

うかれ女《め》、歳を惜しむ

ながれゆく年にまかせてあだ波をいつまで袖にかけんとすらん（八九三）

「浮かれ女」すなわち遊女が、過ぎ行く年を惜しんでいるという、物語の一場面のような題である。

「ながれ」は「波」に縁のある語で、しかも流浪する遊女のありさまも掛けられている。一首は、『百人一首』で著名な祐子《ゆうし》内親王家紀伊《きい》の、

音に聞く高師の浜のあだ波はかけじや袖の濡れもこそすれ（金葉集・恋下・五〇一）

を踏まえているのだろう。それゆえ「あだ波」を袖にかけるというのは、男の情けを受け入れることと、泣き濡れることとを重ねることになる。艶めいた、ゆったりとした鷹揚さをもつ。春海の歌は、都会的感性、印象鮮明な風景、色彩感覚に優れている。

《引用本文と、主な参考文献》

・『歌意考』は『新編日本古典文学全集 歌論集』（小学館、二〇〇二年）所収の、藤平春男校注・訳「歌意考」によった。その他の真淵の歌学は、『日本歌学大系』第七巻（風間書房、一九五七年）、および『賀茂真淵全集』によった。加藤千蔭の歌学は、『日本歌学大系』第八巻（風間書房、一九五八年）によった。賀茂真淵・加藤千蔭・村田春海の和歌の解釈は、久保田啓一校注・訳『新編日本古典文学全集　近世和歌集』（小学館、二〇〇二年）の解を参考にした。

《発展学習の手引き》

・賀茂真淵の研究は以前より少なくなく、井上豊『賀茂真淵の業績と門流』（風間書房、一九六六年）が基本文献だが、その影響力の強さも注目されて近年とみに関心が高まっており、高野奈未『賀茂真淵の研究』（青簡舎、

二〇一六年）は最新の世界とともに、今後の研究の方向性を示している。
・江戸派については、鈴木淳『江戸和学論考』（ひつじ書房、一九九七年）・揖斐高『江戸詩歌論』（汲古書院、一九九八年）が広い視野から位置づけている。田中康二『江戸派の研究』（汲古書院、二〇一〇年）同『村田春海の研究』（汲古書院、二〇〇〇年）がさらに掘り下げている。

15 桂園派の広がり

《目標・ポイント》江戸時代後期に大きな勢力をもった和歌の門流である、桂園派を取り上げる。香川景樹が始めたこの一派は、なぜこれほど広まるようになったのか、その和歌や指導の特徴について考える。

《キーワード》桂園派、香川景樹、まこと、しらべ、添削、木下幸文、熊谷直好

1 香川景樹

＊正岡子規の攻撃

香川景樹《かがわかげき》は古今貫之《こきんつらゆき》崇拝にて見識の低きことは今更申すまでも無之候。俗な歌の多き事も無論に候。……景樹の歌がひどく玉石混淆である処は、俳人でいふと蓼太《りょうた》に比するが適当と被思候。蓼太は雅俗巧拙の両極端を具へた男でその句に両極端が現れをり候。かつ満身の覇気でもつて世人を籠絡し、全国に夥《おびただ》しき門派の末流をもつてゐた処なども善く似てをるかと存候。景樹を学ぶなら善き処を学ばねば甚だしき邪路に陥り可申、今の景樹派などと申すは景樹の俗

な処を学びて景樹よりも下手につらね申候。(「再び歌よみに与ふる書」明治三十一年二月)(岩波文庫『歌よみに与ふる書』)

正岡子規《まさおかしき》は、十度に及ぶ書簡体の歌論「歌よみに与ふる書」によって、はじめて本格的に歌を論じた。その中で、論難の対象となっている先人の一人が、香川景樹である。見識が低く、俗だというのである。しかしそれ以上に罵倒《ばとう》の対象となっているのが、その門流やその影響を被った歌人たちである。景樹は多くの弟子たちを育て、一大流派を作り上げた。これを桂園派《けいえんは》という。子規は、俳諧中興の五傑と称され、門弟三千人余と言われた、俳人の大島蓼太《おおしま》に比されると述べている。子規の激しい口調には、そのように人々の心を捉えた文学者に対する、対抗心のようなものさえうかがえるように思う。ともあれ、桂園派と称されるこの和歌の一大門流は、どのようにして形成されたのであろうか。

＊香川景樹

香川景樹（一七六八〜一八四三）は、江戸時代後期の歌人である。鳥取で生まれたが、その後京に出て、二十九歳で有力歌人、梅月堂《ばいげつどう》四世香川景柄《かげもと》の養子となる。三十七歳の時に離縁するが、香川の姓を名乗ることを許される。熊谷直好《くまがいなおよし》ほか多くの門人を育て、明治時代まで続く桂園派の礎を築いた。天保《てんぽう》十四年（一八四三）に七十六歳で没した。家集には、文政《ぶんせい》十三年（一八三〇）に刊行された『桂園一枝《けいえんいっし》』、およびその続編であり、嘉永《かえい》二年（一八五〇）に刊行された『桂園一枝拾遺』がある。「桂園」は景樹の雅号である。

＊「まこと」「しらべ」という理想像

香川景樹は、正岡子規からは、旧弊な和歌の象徴として揶揄《やゆ》された。しかしそれはまた時代に即応した表現であったことをも表す。桂園派の和歌は、明治の代にさえ、人々の支持を得ていた。一方では伝統に即する面があり、一方ではリアリティを求める近代人の心情に通じるものがあった。むしろ正岡子規たちは、自分たちの新しさを強調するために、彼らの古さばかりを強調しなければならなかったのだろう。

『桂園遺文《けいえんいぶん》』は香川景樹が門人を指導する際に残した文章を集めたものである。本書から、景樹の指導力の一端を探ってみよう。

……されば此の調といふものを捨てて、歌はなき事に侍り。さて其の調はいかなる物ぞといふに、常にいひあつかふ平語、いささかも調にたがひたる事なし。さらば平語ぞ規矩なるべき。歌は此の平語にかへるのみ。歌を平語の外にもとむるは、水にそむきて魚を得むとするなり。つひにその功あるべからず。平語の調を歌にうつさむとするに、習ひ性となりてたやすく成りがたし。さるを一時に得るは誠なり。此の真心の真心なることをしれば、ひとりおもむくことなり。その真心はいかにして得むといふに、名利心をはなるるよりはやきはなし。されど此の名利のかざりもの、一朝一夕にやりがたきこと、恋の奴のうてどもさらぬ類にして、こはおのれらがしれ心にてとみにやらふべきならねど、かの誠心を妨ぐるものならば、ゆかぬなりにやらはんとせでは叶ふべからず。此の境を申しかはし侍りて、歳月よみ試み侍らば、千歳の上に及び千歳の下に恥ぢざる歌もいかでかは出でこざらん。一度かく契を結び侍りては、かたみにたえざらむことをのみねがひ侍り。とかく実物・実景に向ひてさらさらとよみならひ給へ。

歌では「調べ」が大事であるが、「調べ」は「平語」が基準となるという。平語というのは、日常語のことである。和歌はみやびの世界であり、歌語という特別な雅語・古語によって作られる、というこれまでの常識を、真っ向から否定する意見である。もちろん景樹の独創というわけではなく、「ただこと歌」を唱えた小沢蘆庵《おざわろあん》などの影響も大きい（『布留《ふる》の中道《なかみち》』）。ともあれ、これによって自分たちの現在使用している言葉を基準に考えてよいと導かれる教え子たちは、現在の自分たちを肯定され、積極的・主体的に関わる意欲を掻き立てられたことだろう。

しかし、現在はただ無条件に肯定されるわけではない。平語そのままでは調べは得がたい。「誠」（真心）が大事だという。誠によって名利心——世俗的な欲望といってよいだろうか——を脱却することによって調べは生まれ、優れた歌も詠める、というのである。誠は現実を脱する方向性を示すために設定された理想なのであろう。調べは具体的な表現を通して、言葉という現実の中で理想を感じ取るために掲げられた観念なのであろう。相手を導くために設けられた理想なのだと思われる。

＊添削という指導

景樹の折々の歌論的言説を集成した『桂園遺文』から、景樹の指導ぶりを見てみよう。

　　信濃国藤木光好が詠草に
　ひがめとは思ひながらも紫の雲のいろなす岸の藤浪
紫の雲の色なす云々、うつくしき言葉なり。さるに初五にひがめなど打ちつけたりともみえ侍らず。これを調をいたはらぬと申すなり。さりとてひがめなどいはれぬ言葉などいふには更にあらず。かけ合を吟ずべしといふなり。

打わたす遠山ぎしに紫の雲のいろなす藤なみの花

などやうにありたし。是もよしといふにはあらず。ただ歌の様を申すなり。歌はすがたのみにて、哀にもにくさげにも聞ゆるなり。更に趣向による物にあらず。趣向はただありのままなり。理屈の為にすがたをいためむこと、さらにあるまじきなり。

藤木光好という門人の作品を批評したものである。「ひがめとは」の一首に対して、第三、四句は美しいのに、初句の「ひがめ」がそれに適合していない、ととがめる。「ひがめ」という語を使うな、というのではなく、あくまでほかの言葉との組み合わせが問題なのだ。そこで「打わたす」という改案を示す。この改案は原案の「岸」を生かす形で、水辺のつながりをもたされている。見渡すの意である「打わたす」を初句におくことで歌柄が大きくなるが、一方「渡す」は水辺の縁語である。遠く、山が水辺に迫っている「遠山岸」は、和歌ではあまり見ない語で、もしかしたら景樹が新たに工夫した語かもしれない。景樹のオリジナルな言い方かどうかはともかく、この語によって、川沿いにはるか遠くを見ているという、景物と作者の位置関係が明らかになる。そして単なる藤ではなく「藤波」ということで、水辺に縁付けている。こうしてみると縁語がずいぶん多い。しかしそれを「ありのまま」だという。現代のわれわれからは若干なじみにくい論理である。だが、相手を言葉のつながりと流れの中に導き、それを自然なものだと共感するまでになじませようという教育的意図があるのだろう。

2　木下幸文と熊谷直好

＊木下幸文の強さ

木下幸文《きのしたたかふみ》（一七七九〜一八二一）は、備中国（今の岡山県西部）の農民の生まれ。はじめ澄月《ちょうげつ》ついで慈延《じえん》に学んだが、新風に魅せられ、景樹に入門する。が、まもなく衝突し、京の師の元を離れ、大坂に移り住んで独立する。生活は苦しかったようである。家集に『亮々遺稿《さやさやいこう》』がある。その序文は、千種有功《ちくさありこと》が記しているが、その中で木下幸文の歌風を評して、「歌のさま万葉集の直なるをもととし、いまの詞をもておもふままにいひ出でたるが、世にこびぬ本性のほどもみえて、いさぎよくめでたうなむ」と述べている。

『亮々遺稿』から歌を取り出してみよう。まずは、香川景樹が『桂園遺文』で言っている、「とかく実物・実景に向ひてさらさらとよみならひ給へ」という教えの感じられる歌である。「人々とよみける実景百首の中に」と詞書のある二十三首の中から三首。

　暮れそめていとどさやかに見ゆるかな雨ふりかかる萩の上の露（五九二）
　秋風に萩の上葉の返れるを蝶のゐるかと思ひけるかな（五九七）
　はちす葉の露の光も身にしみて秋さむくなる雨の音かな（五九九）

どれも細やかな観察が感じられる。かといって、せせこましくはなっていない。「秋風に」は見立てではあるが、まださほど激しくない秋風に翻る萩の葉を、やさしい視線で見つめている作者を

感じさせる。また別の題で、

夏月涼

夏の夜の月は水にもあらなくに木々の木の葉の濡れて見ゆらん（二九一）

これも観察力を感じさせる見立てであるが、また『徒然草』百三十七段の「（有明ノ月ガ）椎柴・白樫などの、濡れたるやうなる葉の上にきらめきたる」を踏まえているらしい。

雨

山風や今雨雲をはらふらん軒の松むら雫落つなり（一〇〇〇）

など、雨上がりの一陣の風の動きの捉え方もこまやかで、

夜雨

何となく打ちしめりたるけしきにて音せぬ宵の雨を知るかな（一〇一一）

湿度、あるいはもしかしたらわずかな気圧の変化から、雨を感じ取る全身の感覚の鋭さを見せる。ただ、全体に観察や感覚の鋭敏さを前面に出すのではなく、それを余裕をもった知性で包み込もうとする態度が顕著である。

貧しさを歌う「貧窮百首」はとくに著名である。大晦日から三が日の述懐を詠んだものである。

いかにしてわれはあるぞと故郷に思ひ出づらん母し悲しも（一五三一）
から衣妻だにあらばかかる時語りあひても慰めてまし（一五三九）
今年さへ縫ふ妹《いも》をなみから衣肩もまよひぬ袖もまよひぬ（一五四六）
いにしへの人の飲みけん糟湯酒《かすゆざけ》われもすすらん此の夜寒しも（一五五六）
まどしきも嬉しかりけりかくまでに人の心の隈《くま》も知らめや（一五七二）

「いかにして」は、どうしているかと、故郷で私のことを思い出しているだろう母を、悲しく思いやっている。むしろ母子の心が通じ合っている温かさを感じる。「から衣」の歌は、どこか石川《いしかわ》啄木《たくぼく》を思わせるような、ため息が聞こえるごとき歌である。「から衣」は「妻」にかかる枕詞として用いられている。ただし衣を整えるのは妻の仕事だから、、この二つの語は、イメージとしても親和的である。そのことは次の「今年さへ」の歌ではっきりする。「まよふ」は衣服の糸がほつれること。あちこちほつれた衣を仕方なく着ている自分を戯画化している。「いにしへの人の飲みけん糟湯酒」は『万葉集』の山上憶良《やまのうえのおくら》の「貧窮問答歌《びんぐうもんどうか》」（巻五・八九二）を指している。万葉の世界に自分を重ねる誇らしささえ感じられる。最後の歌の「まどしき」は貧しいの意。貧しいがゆえに、他人の心の見えない部分が見えるという。それが嬉しいとまでいうのは、もちろん強がりである。そう演じているのである。強がっている自分を演じてみせる余裕があるのである。

彼は、単純に貧しさを嘆いているのでもないし、いたずらに自虐的になっているのでもないだろう。伝統的な表現をも借りるなど知性を媒介としつつ、貧しさを表現のための強みにすらする、知的な遊び心がもつ強さをも感じるのである。市井人の生活がむしろ誇りをもって描かれていると言ってよいだろう。近代はもうすぐそこまで来ているという印象を強くもつ。

＊熊谷直好

熊谷直好《くまがいなおよし》（一七八二〜一八六二）は、周防国岩国藩の藩士の出身。景樹が養子となった梅月堂香川家が岩国藩家老香川家の京都分家だった関係で、若くして景樹に入門した。脱藩し上京、後に大坂に住んだ。景樹門下の筆頭であり、長老として一門を盛り立てた。家集に『浦のしほ貝』（弘化二年（一八四五）刊）、『浦のしほ貝拾遺』（安政三年（一八五六）刊）がある。

『浦のしほ貝』の序文は弟子の三井宗之《みついむねゆき》が記している。わが師熊谷直好はいつもこう言っていた。歌は師に授けてもらって習い上達する道というわけでもない。時節・物事に触れた心の動きのままに表現したつまらない言葉だから、とくに書き留めたりしない方がいい、すぐに忘れるのも悪くない、と。私たちは、それでは誤って伝えられ失われていくだろうと嘆いていた。するとある日突然、師はたくさんの冊子を差し出して、「こはおのれ若かりしよりの歌を東塢《とうう》の大人《うし》しるし付け置き玉ひて、かのみもとに有りし反古なり、今は我がものからなき形見ともみまほしきに、かい抜きて得させよ」と命じたのであった。「東塢の大人」とは、直好の師の景樹のことである。直好が和歌に師は無用と言っていたのは、表に顕れにくい師恩をむしろ強調するためではないか、とさえ思われてしまうような印象的なエピソードである。それはさておき、「折につけ物につけて心の動くままに言ひ出されたるはかな言なれば、殊更に書いとめなどもせぬこそよけれ、とく忘れんも又悪しからじ」という自分の和歌への自己評価は、もちろん謙遜ではあるが、また本音を吐いているのでもあろう。そして、そこには幾ばくかの自負もまじっているのではないだろうか。というのも、『浦のしほ貝』を読んでまず感じるのは、作品の言葉が、直好の人生にぴったりと即すようなリズムをもって、ゆったりと流れていることである。和歌が生活化しているのである。逆に言えば、作品が現実から独立した達成として存在するといった、文学らしい自立性は乏しいのである。歌が作者の人生の形をしているのである。

直好の歌は、雑歌にその特徴があるように思われる。ひとまず雑の歌にしぼって見てみよう。

嶺上曙

うちしきるふもとの里の鳥が音に明けこそわたれ嶺の松原（一一三四）

麓の里でしきりと鳴いている鳥の声々によって、まず夜明けが告げられ、その序曲に導かれるように嶺のあたりが明け渡ってゆく。嶺の上の曙が中心であるはずなのに、そこへ到る過程に関心が払われ、しかも視覚以上に聴覚に重きが置かれている。感覚の働かせ方とその構成の仕方を垣間見せる歌である。もしかしたら、京極派の、

曙花を　　永福門院

山もとの鳥の声々明けそめて花もむらむら色ぞ見え行く（玉葉集・春下・一九六）

の影響があるかもしれない。

　　　暁雨ふる
　時守《ときもり》のつづみのひびき打ちしめりあかつき深くふれる雨かな（一一三五）

暁を告げる鐘の音を、『万葉集』の歌（巻十一・二六四一・作者未詳）の表現を借りて、「時守の鼓」と言いなしているのだろう。「時守」は、鐘鼓を打って時刻を知らせる陰陽寮の役人である。「打ち」の掛詞を媒介に有心の序としている。湿度を感知する感覚は、同門の木下幸文にも通じるが、より言葉の流麗さを求めることに傾いている。現在の感覚が、古代への幻想にうまくなじんでいる。

　　　橋苔
　深みどり石とも木ともわかぬまで苔生ひにけり前のつちはし（一一六四）

家の前に懸かった橋は、本来は土橋なのに、緑色濃い苔がびっしりと覆うように生えているために、石橋とも木橋とも見える。人の往来も絶えて久しくなったが、そのことに自足している人生が象徴されているのではなかろうか。

　　　波洗石苔
　音もなく汐干のなぎさ遠ざかり巌の苔はいまだ乾かず（一一六五）

ふと気づくと、いつのまにか潮は引いて、渚は沖合に遠ざかっている。巌の苔が濡れて青々としていることだけが、潮が満ちていた証しとなっている。波が岩の苔を洗うという題でありながら、その後に視点を置いて眺めている。

河辺鳥

魚《うお》ねらふ鷺の抜き足かひもなし川の瀬しろく影の見ゆれば（一一七五）

川辺で白鷺が抜き足差し足、魚を狙っている。そのいかにも動物らしい営みと、水面にくっきりと白さを際立たせていることが、何だかちぐはぐでおかしみを誘う。

風鈴に付けたる歌

定なき風にまかする鐘の音は入相《いりあい》もなく暁もなし（一二〇一）

当時流行を見せていた風鈴を鐘に見立てた。だが、朝夕の時を告げる荘重な鐘の音と、涼をもたらす風鈴の軽やかな音色と、ずいぶん違うことよ。

山家

風ふけば嶺の柴栗はらはらと軒端に落つる信楽《しがらき》の里（一二八八）

柴栗は、山野に自生している小型の栗のこと。秋になるとそれが山里の草庵の軒端にぽとりと音を立てて落ちてくる。それはこの山里の住人の大事な食料でもある。信楽は現在の滋賀県甲賀市信楽町。寂しい山里として和歌に詠まれてきた。その自然の中に溶け込んで生きる隠棲者の生活を描きだしている。

述懐

まことには松も千歳はなかりけり己《おの》が願ひはいま十年のみ（一三九一）

松は千年などというが、本当はそんなに長生きをするものではない。自分も不相応な長命を願ってはいない。せめてあと十年の命があったらと思っているだけなのだ。十年という年月が何を意味しているのか、具体的にはわからない。しかし、何か一つ、自分にとって大事な仕事を成し遂げるには、そのくらいの年月がかかる、ということを私たちは経験的に知っている。思わずうなずかれてしまう、人生の真実。

帰る道絶えと絶えぬるふる里に夢のゆききぞ猶のこりける（一三九二）

帰ることのできない故郷に帰る手段は、もはや夢の往来だけ。この場合の故郷は、場所というよりも、かけがえのない過去の記憶のことだろう。

3 桂園派の流れを汲む人々

桂園派は明治《めいじ》時代にもつながっている。その流れをたどってみよう。八田知紀《はったとものり》（一七九九～一八七三）は、薩摩藩の藩士の家に生まれる。蔵役人となり上京し、景樹に入門。明治五年には宮内省の歌道御用掛（宮廷の和歌を司る役職）となる。家集に『しのぶぐさ』がある。

一とせ花見に物しける時
吉野山霞の奥は知らねども見ゆる限りは桜なりけり

正岡子規は『歌よみに与ふる書』で、「八田知紀の名歌とか申候。知紀の家集はいまだ読まねど、これが名歌ならば大概底も見え透き候」とこきおろしている。子規の評価はともかく、少なくとも一般的には、名歌と評判であったことがわかる。子規は「霞の奥は知らねども」が理屈に陥っていると批難している。だが、吉野山の桜を讃歎するのにふさわしい、ゆったりとした、悠揚迫らざる歌柄の大きさは認められてよいだろう。そういう優雅さが、多くの人々の憧れを誘っていたのだろう。

薩摩の市来《いちき》郷に物しける時、道にて
たらちねの袖にすがりておりたちし昔こひしき早川の水

小さい頃の思い出を歌っている。「袖にすがりて」という所作が微笑ましい。「早川」は時の流れをも象徴しているだろう。

夏

いろくずの遊ぶみぎはに影見えて楓の若葉うちなびきつつ

作者は水辺に立って、水面に映る楓の若葉を見ている。「うちなびきつつ」とあるから風が吹いているのである。まるでその若葉と戯れるように鱗を煌《きら》めかせて魚が遊んでいる。涼しいとは一言も言っていないが、いかにも涼しげな光景である。

冬

さ夜千鳥しば鳴く声の悲しさに名もなき島の名をぞ問ひける

旅の歌である。作者は船の上にいると見たい。夜分しきりと鳴く千鳥の鳴き声に、旅の憂愁がつのり、耐えがたさから思わず島の名前を問うた。しかしそれは名も無き島であり、作者の悲しみを孤独の側へと深めた。

最後に、近代に桂園派の命脈を伝えた、高崎正風《たかさきまさかぜ》（一八三六〜一九一二）を取り上げよう。高崎正風は、八田知紀と同じく薩摩藩の出身で、和歌も知紀に学んだ。薩摩藩士として維新に功績があり、その間に培った人脈などを生かして、明治政府において重責を担うこととなる。明治九年（一八七六）歌道御用掛を務め、明治十九年（一八八六）御歌掛長となり、明治二十一年には、初代御《お》歌所《うたどころ》長に至る。宮廷および明治国家の歌道振興の中心人物であった。御歌所とは、宮内省に置かれた機関で、天皇・皇后への和歌の指導、歌御会始ほか歌会の運営などを行った。高崎正風自身は一派に偏らないことを公言していたが、御歌所には桂園派の歌人が少なくなく、宮廷和歌に桂園派流の和歌をもたらしたといいうる。正風を中心とした御歌所関係者の歌人たちは、御歌所派などと称された。家集の『たづがね集』を見ると、春部巻頭の、

立春梅
花瓶《はながめ》の梅咲きにけり雪の中に折りしや春の立枝なりけむ

など、「立枝」（高く伸びた枝）の「たち」に、春立つの「たち」を掛けた、古今風の伝統的な詠みぶりで、こうした詠風が基本であるが、また、

明治二十七年朝鮮に内乱起りて、東学党いきほひを逞《たくま》しうするよし聞えけるころ、遂には日清両国よりも軍兵をいだすこととなりなむなど言ひののしるを聞きて、思ふよしありて
風の音の遠音《とほと》にのみや聞き捨てむありなれ川の波の騒ぎを
韓衣《からころも》はやくうたなむ世の中は秋風さむくならむとするなり

などといった、時勢を詠んだ歌もある。日清戦争の引き金となった「東学党の乱」、いわゆる甲午農民戦争への対応を歌う、国家主義的な歌である。「風の音の」の歌は、『万葉集』の、

梓弓爪引く夜音《よおと》の遠音《とおおと》にも君が御幸を聞かくしよしも（巻四・五三一・海上女王《うなかみのおおきみ》）

を下敷きにしている。「ありなれ川」は、『日本書紀』神功《じんぐう》皇后摂政前紀に見える朝鮮半島の川の名。

「韓衣」の歌は、擣衣《とうい》の歌を装いながら、「韓衣」は朝鮮半島を表し、日本の出兵を促している。近代における和歌の役割の一つを端的に物語っている。

御歌所に対しては、与謝野鉄幹《よさのてっかん》や正岡子規らをはじめとした、いわゆる「新派和歌」の側から強い批判が浴びせられることとなった。旧弊であり、新しい時代にそぐわないなどと攻撃されたのである。それだけ御歌所やそこに関係して詠まれる和歌が、人々の関心を集めていた証しであるともいえる。また「新派和歌」の側も、和歌形式そのものを否定したわけではない。むしろ日本の長い歴史を生き延びてきたその形式の力を、取り入れようとしていたといってよい。であれば、この伝統的な詩の形式を、新しい時代においても受け継いでいこうとした高崎正風の活動も、やはり近代的な意味を持っていたということができよう。

《引用本文と、主な参考文献》

・『桂園一枝』、『亮々遺稿』、『浦のしほ貝』については『新編国歌大観』第九巻（角川書店、一九九一年）を使用した。『桂園遺文』は『日本歌学大系』第八巻（風間書房、一九五八年）を使用した。『たづがね集』は大正十五年三月の入江為守の跋を持つ刊本によった。

・新田寛『近世名歌三千首新釈』（厚生閣、一九三六年）および久保田啓一校注・訳『新編日本古典文学全集　近世和歌集』（小学館、二〇〇二年）の解を参考にした。

《発展学習の手引き》

・兼清正徳『香川景樹』（吉川弘文館、一九七三）は香川景樹の生涯を要領よくまとめている。同氏の『桂園派歌人群の形成』（史書刊行会、一九七二年）は、桂園派の歌人たちに関する基本文献。高崎正風については、昭和女子大学近代文学研究室『近代文学研究叢書』第十二巻（昭和女子大学光葉会、一九五九年）が生涯と文業をまとめている。また八田知紀や御歌所の活動も含め、宮本誉士『御歌所と国学者』（弘文堂、二〇一〇年）が新しい視角を提示している。

【や・ら・わ行】

【ま行】

【た行】

【な・は行】

【か行】

【さ行】

和歌索引

●配列は五十音順。

【ま行】

【や・ら・わ行】

【た行】

【な・は行】

【さ行】

事項索引

●配列は五十音順。

【や・ら・わ行】

【ま行】

【な・は行】

【さ行】

【た行】

人名索引

●配列は五十音順。

【あ行】

【か行】

著者紹介

渡部　泰明（わたなべ・やすあき）

一九五七年　東京都に生まれる。
一九八一年　東京大学文学部国文学専修課程卒業
一九八六年　東京大学人文科学研究科博士課程中退
現　　在　東京大学教授、博士（文学）（東京大学）
主な著書　『中世和歌の生成』（若草書房）
『和歌とは何か』（岩波書店）
『古典和歌入門』（岩波書店）
『中世和歌史論 様式と方法』（岩波書店）

放送大学教材　1740156-1-2111（ラジオ）

日本文学と和歌

発　行　　2021年3月20日　第1刷
著　者　　渡部泰明
発行所　　一般財団法人　放送大学教育振興会
〒105-0001　東京都港区虎ノ門1-14-1　郵政福祉琴平ビル
電話 03（3502）2750

市販用は放送大学教材と同じ内容です。定価はカバーに表示してあります。
落丁本・乱丁本はお取り替えいたします。

Printed in Japan　ISBN978-4-595-32254-9　C1392